하늘과
바람과
별과
詩

윤동주
시집

하늘과 바람과 별과 詩

2016년 2월 18일 초판 발행
2020년 5월 11일 8쇄 발행

지은이 윤동주
발행인 전채호 전용훈
표지 디자인 이재민
발행처 혜원출판사
등록번호 제2012-000276
주소 서울시 마포구 동교로 194 혜원빌딩 1층
전화 02-325-1984
팩스 0303-3445-1984
홈페이지 www.hyewon.co.kr
이메일 master@re1984.com
ISBN 978-89-344-8003-7 03800

이 도서의 국립중앙도서관 출판예정도서목록(CIP)은 서지정보유통지원시스템 홈페이지
(http://seoji.nl.go.kr)와 국가자료공동목록시스템(http://www.nl.go.kr/kolisnet)에서
이용하실 수 있습니다.(CIP제어번호: CIP2016003056)

일러두기

· 윤동주 시인이 연희전문 졸업 기념으로 출간하려 한 19편의 시를 1부 〈하늘과 바람과 별과 시〉로 묶고, 그 외의 시와 동시는 2부 〈그 외의 시〉에 하나로 묶었으며, 5편의 산문은 3부에 따로 수록하였다. 날짜를 정확히 알 수 없는 작품이 많아 가나다순으로 배열하였다.
· 표기법은 가급적 원문에 충실했으나, 원문을 훼손하지 않는 범위 내에서 현대 표기법을 따랐다.
· 띄어쓰기·외래어 등은 현재 표기법으로 고쳤다.
· 방언이나 이해하기 어려운 단어는 작품 말미에 뜻풀이를 해놓았다.
· 표지 디자인은 1955년 간행된 윤동주 시집의 초판 증보판 표지를 재구성하였다.

1부 하늘과 바람과 별과 시

011 • 서시序詩
012 • 간판 없는 거리
013 • 길
014 • 눈 감고 간다
015 • 눈 오는 지도
016 • 돌아와 보는 밤
017 • 또 다른 고향
018 • 또 태초의 아침
019 • 무서운 시간
020 • 바람이 불어
021 • 별 헤는 밤
023 • 병원
024 • 새로운 길
025 • 새벽이 올 때까지
026 • 소년
027 • 슬픈 족속族屬
028 • 십자가
029 • 자화상
030 • 태초의 아침

2부 그 외의 시

033 • 가슴 1
034 • 가슴 2
035 • 가을밤
036 • 간(肝)
037 • 거리에서
038 • 거짓부리
039 • 겨울
040 • 고추밭
041 • 고향 집
042 • 곡간(穀間)
043 • 공상
044 • 굴뚝
045 • 귀뚜라미와 나와
046 • 그 여자
047 • 기왓장 내외
048 • 꿈은 깨어지고
049 • 나무
050 • 남쪽 하늘
051 • 내일은 없다
052 • 눈 1
053 • 눈 2
054 • 달같이
055 • 달밤
056 • 닭 1
057 • 닭 2
058 • 둘 다
059 • 만돌이
061 • 명상
062 • 모란봉에서

063 • 못 자는 밤
064 • 무얼 먹구 사나
065 • 바다
066 • 반딧불
067 • 버선본
068 • 병아리
069 • 봄 1
070 • 봄 2
071 • 비둘기
072 • 비애
073 • 비로봉
074 • 비 오는 밤
075 • 비행기
076 • 빗자루
077 • 사과
078 • 사랑스런 추억
079 • 사랑의 전당
080 • 산골 물
081 • 산림
082 • 산상山上
083 • 산울림
084 • 산협山峽의 오후
085 • 삶과 죽음
086 • 소낙비
087 • 쉽게 씌어진 시
089 • 식권
090 • 아우의 인상화
091 • 아침
092 • 양지쪽

093 • 애기의 새벽

094 • 오줌싸개 지도

095 • 오후의 구장(球場)

096 • 위로

097 • 유언

098 • 이런 날

099 • 이별

100 • 이적(異蹟)

101 • 장

102 • 장미 병들어

103 • 조개껍질

104 • 종달새

105 • 참새

106 • 참회록

107 • 창

108 • 창공

109 • 초 한 대

110 • 팔복(八福)

111 • 편지

112 • 풍경

113 • 한란계(寒暖計)

114 • 할아버지

115 • 해바라기 얼굴

116 • 햇비

117 • 햇빛·바람

118 • 호주머니

119 • 황혼이 바다가 되어

120 • 흐르는 거리

121 • 흰 그림자

산문 3부

125 • 달을 쏘다
127 • 별똥 떨어진 데
130 • 종시終始
136 • 투르게네프의 언덕
137 • 화원에 꽃이 핀다

140 • 윤동주 시 바로 읽기
158 • 윤동주 연보

1부 · 하늘과 바람과 별과 시

서시序詩

죽는 날까지 하늘을 우러러
한 점 부끄럼이 없기를,
잎새에 이는 바람에도
나는 괴로워했다.
별을 노래하는 마음으로
모든 죽어가는 것을 사랑해야지.
그리고 나한테 주어진 길을
걸어가야겠다.

오늘 밤에도 별이 바람에 스치운다.

간판 없는 거리

정거장 플랫폼에
내렸을 때 아무도 없어,

다들 손님들뿐,
손님 같은 사람들뿐,

집집마다 간판이 없어
집 찾을 근심이 없어

빨갛게
파랗게
불붙는 문자도 없이

모퉁이마다
자애로운 헌 와사등에
불을 혀 놓고,*

손목을 잡으면
다들, 어진 사람들
다들, 어진 사람들

봄, 여름, 가을, 겨울
순서로 돌아들고.

---

* 혀 놓다 – '켜 놓다'의 옛말.

길

잃어버렸습니다.
무얼 어디다 잃었는지 몰라
두 손이 주머니를 더듬어
길에 나아갑니다.

돌과 돌과 돌이 끝없이 연달아
길은 돌담을 끼고 갑니다.

담은 쇠문을 굳게 닫아
길 위에 긴 그림자를 드리우고

길은 아침에서 저녁으로
저녁에서 아침으로 통했습니다.

돌담을 더듬어 눈물짓다
쳐다보면 하늘은 부끄럽게 푸릅니다.

풀 한 포기 없는 이 길을 걷는 것은
담 저쪽에 내가 남아 있는 까닭이고,

내가 사는 것은, 다만
잃은 것을 찾는 까닭입니다.

눈 감고 간다

태양을 사모하는 아이들아
별을 사랑하는 아이들아

밤이 어두웠는데
눈 감고 가거라.

가진 바 씨앗을
뿌리면서 가거라.

발부리에 돌이 채이거든
감았던 눈을 와짝 떠라.

눈 오는 지도

　순이가 떠난다는 아침에 말 못할 마음으로 함박눈이 내려, 슬픈 것처럼 창밖에 아득히 깔린 지도 위에 덮인다. 방 안을 돌아다보아야 아무도 없다. 벽과 천장이 하얗다. 방 안에까지 눈이 내리는 것일까. 정말 너는 잃어버린 역사처럼 훌훌히 가는 것이냐. 떠나기 전에 일러둘 말이 있던 것을 편지를 써서도 네가 가는 곳을 몰라 어느 거리, 어느 마을, 어느 지붕 밑, 너는 내 마음 속에만 남아 있는 것이냐. 네 쪼그만 발자욱을 눈이 자꾸 내려 덮여 따라갈 수도 없다. 눈이 녹으면 남은 발자욱 자리마다 꽃이 피리니 꽃 사이로 발자욱을 찾아나서면 일 년 열두 달 하냥* 내 마음에는 눈이 내리리라.

---

* 하냥 - '함께, 늘'의 방언.

돌아와 보는 밤

　세상으로부터 돌아오듯이 이제 내 좁은 방에 돌아와 불을 끄옵니다. 불을 켜 두는 것은 너무나 피로롭은* 일이옵니다. 그것은 낮의 연장이옵기에 –

　이제 창을 열어 공기를 바꾸어 들여야 할 텐데 밖을 가만히 내다보아야 방 안과 같이 어두워 꼭 세상 같은데 비를 맞고 오던 길이 그대로 빗속에 젖어 있사옵니다.

　하루의 울분을 씻을 바 없어 가만히 눈을 감으면 마음속으로 흐르는 소리, 이제 사상이 능금처럼 저절로 익어 가옵니다.

---

* 피로로운 – 매우 피로한, 피로하여 마음이 무거운.

또 다른 고향

고향에 돌아온 날 밤에
내 백골이 따라와 한방에 누웠다.

어둔 방은 우주로 통하고
하늘에선가 소리처럼 바람이 불어온다.

어둠 속에 곱게 풍화작용하는
백골을 들여다보며
눈물짓는 것이 내가 우는 것이냐
백골이 우는 것이냐
아름다운 혼이 우는 것이냐.

지조 높은 개는
밤을 새워 어둠을 짖는다.
어둠을 짖는 개는
나를 쫓는 것일 게다.

가자 가자
쫓기우는 사람처럼 가자
백골 몰래
아름다운 또 다른 고향에 가자.

또 태초의 아침

하얗게 눈이 덮이었고
전신주가 잉잉 울어
하나님 말씀이 들려온다.

무슨 계시일까.

빨리
봄이 오면
죄를 짓고
눈이
밝어

이브가 해산하는 수고를 다하면

무화과 잎사귀로 부끄런 데를 가리고

나는 이마에 땀을 흘려야겠다.

무서운 시간

거 나를 부르는 것이 누구요.

가랑잎 이파리 푸르러 나오는 그늘인데,
나 아직 여기 호흡이 남아 있고.

한 번도 손들어 보지 못한 나를
손들어 표할 하늘도 없는 나를

어디에 내 한 몸 둘 하늘이 있어
나를 부르는 것이오.

일을 마치고 내 죽는 날 아침에는
서럽지도 않은 가랑잎이 떨어질 텐데…….

나를 부르지 마오.

바람이 불어

바람이 어디로부터 불어와
어디로 불려가는 것일까.

바람이 부는데
내 괴로움에는 이유가 없다.

내 괴로움에는 이유가 없을까.

단 한 여자를 사랑한 일도 없다.
시대를 슬퍼한 일도 없다.

바람이 자꾸 부는데
내 발이 반석 위에 섰다.

강물이 자꾸 흐르는데
내 발이 언덕 위에 섰다.

별 헤는 밤

계절이 지나가는 하늘에는
가을로 가득 차 있습니다.

나는 아무 걱정도 없이
가을 속의 별들을 다 헤일 듯합니다.

가슴 속에 하나둘 새겨지는 별을
이제 다 못 헤는 것은
쉬이 아침이 오는 까닭이요,
내일 밤이 남은 까닭이요,
아직 나의 청춘이 다하지 않은 까닭입니다.

별 하나에 추억과
별 하나에 사랑과
별 하나에 쓸쓸함과
별 하나에 동경과
별 하나에 시와
별 하나에 어머니, 어머니,

 어머님, 나는 별 하나에 아름다운 말 한마디씩 불러 봅니다. 소학교 때 책상을 같이 했던 아이들의 이름과 佩, 鏡, 玉 이런 이국 소녀들의 이름과 벌써 애기 어머니 된 계집애들의 이름과 가난한 이웃 사람들의 이름과 비둘기, 강아지, 토끼, 노새, 노루, 프랑시스 잠, 라이너 마리아 릴케, 이런 시인의 이름을 불러 봅니다.

이네들은 너무나 멀리 있습니다.
별이 아슬히 멀 듯이.

어머님,
그리고 당신은 멀리 북간도에 계십니다.

나는 무엇인지 그리워
이 많은 별빛이 내린 언덕 위에
내 이름자를 써 보고,
흙으로 덮어 버리었습니다.

딴은 밤을 새워 우는 벌레는
부끄러운 이름을 슬퍼하는 까닭입니다.

그러나 겨울이 지나고 나의 별에도 봄이 오면
무덤 위에 파란 잔디가 피어나듯이
내 이름자 묻힌 언덕 위에도
자랑처럼 풀이 무성할 게외다.

병 원

　살구나무 그늘로 얼굴을 가리고, 병원 뒤뜰에 누워, 젊은 여자가 흰옷 아래로 하얀 다리를 드러내놓고 일광욕을 한다. 한나절이 기울도록 가슴을 앓는다는 이 여자를 찾아오는 이, 나비 한 마리도 없다. 슬프지도 않은 살구나무 가지에는 바람조차 없다.

　나도 모를 아픔을 오래 참다 처음으로 이곳에 찾아왔다. 그러나 나의 늙은 의사는 젊은이의 병을 모른다. 나한테는 병이 없다고 한다. 이 지나친 시련, 이 지나친 피로, 나는 성 내서는 안 된다.

　여자는 자리에서 일어나 옷깃을 여미고 화단에서 금잔화 한 포기를 따 가슴에 꽂고 병실 안으로 사라진다. 나는 그 여자의 건강이 - 아니 내 건강도 속히 회복되기를 바라며 그가 누웠던 자리에 누워 본다.

새로운 길

내를 건너서 숲으로
고개를 넘어서 마을로

어제도 가고 오늘도 갈
나의 길 새로운 길

민들레가 피고 까치가 날고
아가씨가 지나고 바람이 일고

나의 길은 언제나 새로운 길
오늘도…… 내일도……

내를 건너서 숲으로
고개를 넘어서 마을로.

새벽이 올 때까지

다들 죽어가는 사람들에게
검은 옷을 입히시오.

다들 살아가는 사람들에게
흰옷을 입히시오.

그리고 한 침대에
가지런히 잠을 재우시오.

다들 울거들랑
젖을 먹이시오.

이제 새벽이 오면
나팔 소리 들려올 게외다.

소 년

 여기저기서 단풍잎 같은 슬픈 가을이 뚝뚝 떨어진다. 단풍잎 떨어져 나온 자리마다 봄을 마련해 놓고 나뭇가지 위에 하늘이 펼쳐 있다. 가만히 하늘을 들여다보려면 눈썹에 파란 물감이 든다. 두 손으로 따뜻한 볼을 쓸어 보면 손바닥에도 파란 물감이 묻어난다. 다시 손바닥을 들여다본다. 손금에는 맑은 강물이 흐르고, 맑은 강물이 흐르고, 강물 속에는 사랑처럼 슬픈 얼굴 – 아름다운 순이의 얼굴이 어린다. 소년은 황홀히 눈을 감아 본다. 그래도 맑은 강물은 흘러 사랑처럼 슬픈 얼굴 – 아름다운 순이의 얼굴은 어린다.

슬픈 족속族屬

흰 수건이 검은 머리를 두르고
흰 고무신이 거친 발에 걸리우다.

흰 저고리 치마가 슬픈 몸집을 가리고
흰 띠가 가는 허리를 질끈 동이다.

십자가

쫓아오던 햇빛인데
지금 교회당 꼭대기
십자가에 걸리었습니다.

첨탑이 저렇게도 높은데
어떻게 올라갈 수 있을까요.

종소리도 들려오지 않는데
휘파람이나 불며 서성거리다가

괴로웠던 사나이,
행복한 예수 그리스도에게
처럼
십자가가 허락된다면

모가지를 드리우고
꽃처럼 피어나는 피를
어두워가는 하늘 밑에
조용히 흘리겠습니다.

자화상

 산모퉁이를 돌아 논가 외딴 우물을 홀로 찾아가선 가만히 들여다봅니다.

 우물 속에는 달이 밝고 구름이 흐르고 하늘이 펼치고 파아란 바람이 불고 가을이 있습니다.

 그리고 한 사나이가 있습니다.
 어쩐지 그 사나이가 미워져 돌아갑니다.

 돌아가다 생각하니 그 사나이가 가엾어집니다.
 도로 가 들여다보니 사나이는 그대로 있습니다.

 다시 그 사나이가 미워져 돌아갑니다.
 돌아가다 생각하니 그 사나이가 그리워집니다.

 우물 속에는 달이 밝고 구름이 흐르고 하늘이 펼치고 파아란 바람이 불고 가을이 있고 추억처럼 사나이가 있습니다.

태초의 아침

봄날 아침도 아니고
여름, 가을, 겨울
그런 날 아침도 아닌 아침에

빨 - 간 꽃이 피어났네.
햇빛이 푸른데,

그 전날 밤에
그 전날 밤에
모든 것이 마련되었네.

사랑은 뱀과 함께
독은 어린 꽃과 함께.

2부 · 그 외의 시

가슴 1

소리 없는 북,
답답하면 주먹으로
뚜다려 보오.

그래 봐도
후-
가아*는 한숨보다 못하오.

---

* 가아(家兒) - '집의 아이'라는 뜻으로, 남에게 자기 아이들을 낮추어 일컫는 말.

가슴 2

불 꺼진 화火독을
안고 도는 겨울 밤은 깊었다.

재만 남은 가슴이
문풍지 소리에 떤다.

가을밤

궂은비 내리는 가을밤
벌거숭이 그대로
잠자리에서 뛰쳐나와
마루에 쭈그리고 서서
아인 양하고
쏴 - 오줌을 싸오.

간 肝

바닷가 햇빛 바른 바위 위에
습한 간을 펴서 말리우자.

카프카스 산중에서 도망해 온 토끼처럼
둘러리를 빙빙 돌며 간을 지키자.

내가 오래 기르던 여윈 독수리야!
와서 뜯어 먹어라, 시름없이

너는 살찌고
나는 여위어야지, 그러나

거북이야!
다시는 용궁의 유혹에 안 떨어진다.

프로메테우스 불쌍한 프로메테우스
불 도적한 죄로 목에 맷돌을 달고
끝없이 침전하는 프로메테우스.

거리에서

달밤의 거리
광풍이 휘날리는
북국의 거리
도시의 진주
전등 밑을 헤엄치는
조그만 인어 나,
달과 전등에 비쳐
한 몸에 둘셋의 그림자,
커졌다 작아졌다.

괴롬의 거리
회색빛 밤거리를
걷고 있는 이 마음
선풍旋風이 일고 있네.
외로우면서도
한 갈피 두 갈피
피어나는 마음의 그림자,
푸른 공상이
높아졌다 낮아졌다.

거짓부리

똑, 똑, 똑,
문 좀 열어 주세요.
하룻밤 자고 갑시다.
 밤은 깊고 날은 추운데
 거 누굴까?
문 열어 주고 보니
검둥이의 꼬리가
거짓부리한걸.

꼬기요, 꼬기요,
달걀 낳았다.
간난아 어서 집어 가거라.
 간난이 뛰어가 보니
 달걀은 무슨 달걀,
고놈의 암탉이
대낮에 새빨간
거짓부리한걸.

겨 울

처마 밑에
시래기 다래미
바삭바삭
추워요.

길바닥에
말똥 동그라미
달랑달랑
얼어요.

고추밭

시들은 잎새 속에서
고 빠알간 살을 드러내놓고,
고추는 방년芳年된 아가씨인 양
땡볕에 자꾸 익어간다.

할머니는 바구니를 들고
밭머리에서 어정거리고
손가락 너어는* 아이는
할머니 뒤만 따른다.

---

* 너얼다-널다. '섧다, 빨다'의 북도 사투리.

고향 집
─ 만주에서 부른

헌 짚신짝 끄을고
　　나 여기 왜 왔노
두만강을 건너서
　　쓸쓸한 이 땅에

남쪽 하늘 저 밑에
　　따뜻한 내 고향
내 어머니 계신 곳
　　그리운 고향 집.

곡간 谷間

산들이 두 줄로 줄달음질치고
여울이 소리쳐 목이 잦았다.
한여름의 햇님이 구름을 타고
이 골짜기를 빠르게도 건너려 한다.

산등허리에 송아지뿔처럼
울뚝불뚝히 어린 바위가 솟고,
얼룩소의 보드라운 털이
산등허리에 퍼 – 렇게 자랐다.

3년 만에 고향에 찾아드는
산골 나그네의 발걸음이
타박타박 땅을 고눈다.*
벌거숭이 두루미 다리같이……

헌신짝이 지팡이 끝에 모가지를 매달아 늘어지고,
까치가 새끼의 날밭을 태우며 날뿐,
골짝은 나그네의 마음처럼 고요하다.

---

* 고눈다 -고누다. '가누다'의 방언. 몸을 가누어 바르게 하다.

공 상

공상 -
내 마음의 탑
나는 말없이 이 탑을 쌓고 있다.
명예와 허영의 천공天空에다
무너질 줄 모르고
한 층 두 층 높이 쌓는다.

무한한 나의 공상 -
그것은 내 마음의 바다,
나는 두 팔을 펼쳐서
나의 바다에서
자유로이 헤엄친다.
황금 지옥地獄의 수평선을 향하여.

굴뚝

산골짜기 오막살이 낮은 굴뚝엔
몽기몽기 웬 연기 대낮에 솟나.

감자를 굽는 게지 총각애들이
깜빡깜빡 검은 눈이 모여 앉아서
입술에 꺼멓게 숯을 바르고
옛이야기 한 커리*에 감자 하나씩.

산골짜기 오막살이 낮은 굴뚝엔
살랑살랑 솟아나네 감자 굽는 내.

---

* 커리-'켤레'의 방언(강원, 경남, 충청, 평북, 함경).

귀뚜라미와 나와

귀뚜라미와 나와
잔디밭에서 이야기했다.

귀뚤귀뚤
귀뚤귀뚤

아무게도 알으켜 주지 말고
우리 둘만 알자고 약속했다.

귀뚤귀뚤
귀뚤귀뚤

귀뚜라미와 나와
달 밝은 밤에 이야기했다.

그 여자

함께 핀 꽃에 처음 익은 능금은
먼저 떨어졌습니다.

오늘도 가을바람은 그냥 붑니다.

길가에 떨어진 붉은 능금은
지나는 손님이 집어 갔습니다.

기왓장 내외

비 오는 날 저녁에 기왓장 내외
잃어버린 외아들 생각나선지
꼬부라진 잔등을 어루만지며
쭈룩쭈룩 구슬피 울음 웁니다.

대궐 지붕 위에서 기왓장 내외
아름답던 옛날이 그리워선지
주름 잡힌 얼굴을 어루만지며
물끄러미 하늘만 쳐다봅니다.

꿈은 깨어지고

잠은 눈을 떴다
그윽한 유무幽霧에서.

노래하던 종달이
도망쳐 날아나고,

지난날 봄 타령하던
금잔디밭은 아니다.

탑은 무너졌다,
붉은 마음의 탑이 —

손톱으로 새긴 대리석 탑이 —
하루 저녁 폭풍에 여지없이도,

오오 황폐의 쑥밭,
눈물과 목메임이여!

꿈은 깨어졌다.
탑은 무너졌다.

나 무

나무가 춤을 추면
바람이 불고,
나무가 잠잠하면
바람도 자오.

남쪽 하늘

제비는 두 나래를 가지었다.
스산한 가을날 -

어머니의 젖가슴이 그리운
서리 내리는 저녁 -
어린 영靈은 쪽나래의 향수鄕愁를 타고
남쪽 하늘에 떠돌 뿐 -

내일은 없다
  － 어린 마음이 물은

내일 내일하기에
물었더니
밤을 자고 동틀 때
내일이라고
새 날을 찾던 나는
잠을 자고 돌보니
그때는 내일이 아니라
오늘이더라.
무리여! 동무여!
내일은 없나니
……….

눈 1

눈이
새하얗게 와서
눈이
새물새물하오.

눈 2

지난밤에
눈이 소오복이 왔네.

지붕이랑
길이랑 밭이랑
추워한다고
덮어주는 이불인가 봐

그러기에
추운 겨울에만 내리지.

달같이

연륜이 자라듯이
달이 자라는 고요한 밤에
달같이 외로운 사랑이
가슴 하나 뻐근히
연륜처럼 피어 나간다.

달 밤

흐르는 달의 흰 물결을 밀쳐
여윈 나무 그림자를 밟으며
북망산을 향한 발걸음은 무거웁고
고독을 반려한 마음은 슬프기도 하다.

누가 있어만 싶은 묘지엔 아무도 없고,
정적만이 군데군데 흰 물결에 폭 젖었다.

닭 1

한 칸 계사鷄舍 그 너머 창공이 깃들어
자유의 향토鄕土를 잊은 닭들이
시들은 생활을 주잘대고
생산의 고로苦勞를 부르짖었다.

음산한 계사에서 쏠려 나온
외래종 레그혼,
학원에서 새무리가 밀려나오는
3월의 맑은 오후도 있다.

닭들은 녹아드는 두엄을 파기에
아담한 두 다리가 분주하고
굶주렸던 주두리가 바지런하다.
두 눈이 붉게 여물도록 -.

닭 2

- 닭은 나래가 커도
 왜, 날잖나요.
- 아마 두엄파기에
 홀, 잊었나 봐.

둘 다

바람도 푸르고
하늘도 푸르고

바다도 끝없고
하늘도 끝없고

바다에 돌 던지고
하늘에 침뱉고

바다는 벙글
하늘은 잠잠.

만돌이

만돌이가 학교에서 돌아오다가
전봇대 있는 데서
돌짜기 다섯 개를 주웠습니다.

전봇대를 겨누고
돌 첫개를 뿌렸습니다.
— 딱 —
두 개째 뿌렸습니다.
— 아뿔사 —
세 개째 뿌렸습니다.
— 딱 —
네 개째 뿌렸습니다.
— 아뿔사 —
다섯 개째 뿌렸습니다.
— 딱 —

다섯 개에 세 개……
그만하면 되었다.
내일 시험,

다섯 문제에 세 문제만 하면 —
손꼽아 구구를 하여 봐도
허양* 육십 점이다.
볼 거 있나 공 차러 가자.

그 이튿날 만돌이는
꼼짝 못하고 선생님한테
흰 종이를 바쳤을까요.

그렇잖으면 정말
육십 점을 맞았을까요.

---
* 허양 – '거든히'란 뜻의 북간도 사투리.

명상

가칠가칠한 머리칼은 오막살이 처마 끝,
쉬파람에 콧마루가 서운한 양 간질키오.

들창 같은 눈은 가볍게 닫혀
이 밤에 연정은 어둠처럼 골골히 스며드오.

모란봉에서

앙당한 소나무 가지에
훈훈한 바람의 날개가 스치고,
얼음 섞인 대동강 물에
한나절 햇발이 미끄러지다.

허물어진 성터에서
철모르는 여아女兒들이
저도 모를 이국말로
재잘대며 뜀을 뛰고

난데없는 자동차가 밉다.

못 자는 밤

하나, 둘, 셋, 넷
………
밤은
많기도 하다.

무얼 먹구 사나

바닷가 사람
물고기 잡아먹고 살고

산골엣 사람
감자 구워 먹고 살고

별나라 사람
무얼 먹고 사나.

바다

싣어다 뿌리는
바람조차 시원타.

솔나무 가지마다 샛춤히
고개를 돌리어 삐드러지고

밀치고
밀치운다.

이랑을 넘는 물결은
폭포처럼 피어오른다.

해변에 아이들이 모인다.
찰찰 손을 씻고 구보로.

바다는 자꾸 섫어진다.*
갈매기의 노래에……

돌아다보고 돌아다보고
돌아가는 오늘의 바다여!

---

* 섫다 = 서럽다.

반딧불

가자 가자 가자
숲으로 가자.
달 조각을 주으러
숲으로 가자.

그믐밤 반딧불은
부서진 달 조각.

가자 가자 가자
숲으로 가자.
달 조각을 주으러
숲으로 가자.

버선본

어머니
누나 쓰다 버린 습자지는
두었다간 뭣에 쓰나요?

그런 줄 몰랐더니
습자지에다 내 버선 놓고
가위로 오려
버선본 만드는걸.

어머니
내가 쓰다 버린 몽당연필은
두었다간 뭣에 쓰나요?

그런 줄 몰랐더니
천 위에다 버선본 놓고
침 발라 점을 찍곤
내 버선 만드는걸.

병아리

'뽀, 뽀, 뽀,
엄마 젖 좀 주'
병아리 소리.

'꺽, 꺽, 꺽,
오냐 좀 기다려'
엄마닭 소리.

좀 있다가
병아리들은
엄마 품속으로
다 들어갔지요.

봄 1

봄이 혈관 속에 시내처럼 흘러
돌, 돌, 시내 가차운* 언덕에
개나리, 진달래, 노오란 배추꽃

삼동三冬을 참아온 나는
풀포기처럼 피어난다.

즐거운 종달새야
어느 이랑에서 즐거웁게 솟쳐라.

푸르른 하늘은
아른아른 높기도 한데······.

---

* 가차운 — '가까운'의 방언.

봄 2

우리 애기는
아래발치에서 코올코올,

고양이는
부뚜막에서 가릉가릉,

애기바람이
나뭇가지에서 소올소올,

아저씨 햇님이
하늘 한가운데서 째앵째앵.

비둘기

안아 보고 싶게 귀여운
산비둘기 일곱 마리
하늘 끝까지 보일 듯이 맑은 공일날 아침에
벼를 거두어 빤빤한 논에
앞을 다투어 모이를 주으며
어려운 이야기를 주고받으오.

날쌘한 두 나래로 조용한 공기를 흔들어
두 마리가 나오.
집에 새끼 생각이 나는 모양이오.

비 애

호젓한 세기의 달을 따라
알 듯 모를 듯한 데로 거닐고저!

아닌 밤중에 튀기듯이
잠자리를 뛰쳐
끝없는 광야를 홀로 거니는
사람의 심사心思는 외로우려니

아 – 이 젊은이는
피라미드처럼 슬프구나.

비로봉

만상萬象을
굽어보기란—

무릎이
오들오들 떨린다.

백화白樺*
어려서 늙었다.

새가
나비가 된다.

정말 구름이
비가 된다.

옷자락이
칩다.**

---
* 백화—자작나무.
** 칩다—'춥다'의 방언.

비 오는 밤

쏴! 철석! 파도 소리 문살에 부서져
잠 살포시 꿈이 흩어진다.

잠은 한낱 검은 고래 떼처럼 살래어,
달랠 아무런 재주도 없다.

불을 밝혀 잠옷을 정성스레 여미는
삼경三更
염원念願

동경憧憬의 땅 강남에 또 홍수질 것만 싶어,
바다의 향수鄕愁보다 더 호젓해진다.

비행기

머리에 프로펠러가
연잣간 풍체보다
더 - 빨리 돈다.
땅에서 오를 때보다
하늘에 높이 떠서는
빠르지 못하다.
숨결이 찬 모양이야.

비행기는 -
새처럼 나래를
펄럭거리지 못한다.
그리고 늘 -
소리를 지른다.
숨이 찬가 봐.

빗자루

요오리조리 베면 저고리 되고
이이렇게 베면 큰 총 되지.
    누나하고 나하고
    가위로 종이 쏠았더니
    어머니가 빗자루 들고
    누나 하나 나 하나
    엉덩이를 때렸소.
    방바닥이 어지럽다고 —

    아아니 아니
    고놈의 빗자루가
    방바닥 쓸기 싫으니
    그랬지 그랬어
괘씸하여 벽장 속에 감췄더니
이튿날 아침 빗자루가 없다고
어머니가 야단이지요.

사 과

붉은 사과 한 개를
아버지, 어머니,
누나, 나, 넷이서
껍질째로 송치*까지
다아 나눠 먹었소.

* 송치-어미소의 뱃속에 든 새끼. 즉 '사과 속까지 모두'의 뜻.

사랑스런 추억

봄이 오던 아침, 서울 어느 쪼그만 정거장에서
희망과 사랑처럼 기차를 기다려,

나는 플랫폼에 간신한 그림자를 떨어뜨리고
담배를 피웠다.

내 그림자는 담배 연기 그림자를 날리고
비둘기 한 떼가 부끄러울 것도 없이
나래 속을 속속 햇빛에 비춰 날았다.

기차는 아무 새로운 소식도 없이
나를 멀리 실어다 주어,

봄은 다 가고 — 동경 교외 어느 조용한
하숙방에서, 옛 거리에 남은 나를 희망과
사랑처럼 그리워한다.

오늘도 기차는 몇 번이나 무의미하게 지나가고,
오늘도 나는 누구를 기다려 정거장 가차운 언덕에서
서성거릴 게다.

— 아아 젊음은 오래 거기 남아 있거라.

사랑의 전당

순아 너는 내 전殿에 언제 들어왔던 것이냐?
내사 언제 네 전에 들어갔던 것이냐?

우리들의 전당은
고풍한 풍습이 어린 사랑의 전당

순아 암사슴처럼 수정水晶 눈을 내려감아라.
난 사자처럼 엉크린 머리를 고루련다.

우리들의 사랑은 한낱 벙어리였다.

성스런 촛대에 열熱한 불이 꺼지기 전
순아 너는 앞문으로 내달려라.

어둠과 바람이 우리 창에 부딪치기 전
나는 영원한 사랑을 안은 채
뒷문으로 멀리 사라지련다.

이제 네게는 삼림 속의 아늑한 호수가 있고
내게는 험준한 산맥이 있다.

산골 물

괴로운 사람아 괴로운 사람아
옷자락 물결 속에서도
가슴 속 깊이 돌돌 샘물이 흘러
이 밤을 더불어 말할 이 없도다.
거리의 소음과 노래 부를 수 없도다.
그신 듯이* 냇가에 앉았으니
사랑과 일을 거리에 맡기고
가만히 가만히
바다로 가자,
바다로 가자.

---

* 그신 듯이-비가 그친 듯이, 조용하게.

산 림

시계가 자근자근 가슴을 때려
불안한 마음을 산림이 부른다.

천년 오래인 연륜에 짜들은 유암幽暗한 산림이,
고달픈 한 몸을 포옹할 인연을 가졌나 보다.

산림의 검은 파동 위로부터
어둠은 어린 가슴을 짓밟고

이파리를 흔드는 저녁 바람이
쇠 – 공포에 떨게 한다.
멀리 첫여름의 개구리 재질댐에
흘러간 마음의 과거는 아진타.*

나무 틈으로 반짝이는 별만이
새날의 희망으로 나를 이끈다.

---

* 아진타 –아즐타. 아득하다.

산상山上

거리가 바둑판처럼 보이고,
강물이 배암의 새끼처럼 기는
산 위에까지 왔다.
아직쯤은 사람들이
바둑돌처럼 버려 있으리라.

한나절의 태양이
함석지붕에만 비치고,
굼벵이 걸음을 하던 기차가
정거장에 섰다가 검은 내를 토하고
또 걸음발을 탄다.

텐트 같은 하늘이 무너져
이 거리를 덮을까 궁금하면서
좀 더 높은 데로 올라가고 싶다.

산울림

까치가 울어서
산울림,
아무도 못들은
산울림,

까치가 들었다.
산울림,
저 혼자 들었다.
산울림.

산협山峽의 오후

내 노래는 오히려
섧은 산울림.

골짜기 길에
떨어진 그림자는
너무나 슬프구나.

오후의 명상은
아― 졸려.

삶과 죽음

삶은 오늘도 죽음의 서곡을 노래하였다.
이 노래가 언제나 끝나랴.

세상 사람은 —
뼈를 녹여내는 듯한 삶의 노래에
춤을 춘다.
사람들은 해가 넘어가기 전
이 노래 끝의 공포를
생각할 사이가 없었다.

하늘 복판에 알 새기듯이
이 노래를 부른 자가 누구뇨.

그리고 소낙비 그친 뒤 같이도
이 노래를 그친 자가 누구뇨.

죽고 뼈만 남은
죽음의 승리자 위인들!

소낙비

번개, 뇌성, 왁자지근 두드려
머언 도화지에 낙뢰落雷가 있어만 싶다.

벼룻장 엎어논 하늘로
살 같은 비가 살처럼 쏟아진다.

손바닥만한 나의 정원이
마음같이 흐린 호수되기 일쑤다.

바람이 팽이처럼 돈다.
나무가 머리를 이루 잡지 못한다.

내 경건한 마음을 모셔드려
노아*때 하늘을 한 모금 마시다.

---

* 노아 - 〈구약성서〉 '창세기'에 기록되어 있는 대홍수 이야기의 주인공.

쉽게 씌어진 시

창밖에 밤비가 속살거려
육첩방六疊房은 남의 나라,

시인이란 슬픈 천명天命인 줄 알면서도
한 줄 시를 적어 볼까.

땀내와 사랑내 포근히 품긴
보내 주신 학비 봉투를 받아

대학 노트를 끼고
늙은 교수의 강의 들으러 간다.

생각해 보면 어릴 때 동무를
하나, 둘, 죄다 잃어버리고

나는 무얼 바라
나는 다만, 홀로 침전沈澱하는 것일까?

인생은 살기 어렵다는데
시가 이렇게 쉽게 씌어지는 것은
부끄러운 일이다.

육첩방은 남의 나라
창밖에 밤비가 속살거리는데,

등불을 밝혀 어둠을 조금 내몰고,
시대처럼 올 아침을 기다리는 최후의 나,

나는 나에게 적은 손을 내밀어
눈물과 위안으로 잡는 최초의 악수.

식 권

식권은 하루 세 끼를 준다.

식모는 젊은 아이들에게
한때 흰 그릇 셋을 준다.

대동강 물로 끓인 국,
평안도 쌀로 지은 밥,
조선의 매운 고추장,
식권은 우리 배를 부르게.

아우의 인상화

붉은 이마에 싸늘한 달이 서리어
아우의 얼굴은 슬픈 그림이다.

발걸음을 멈추어
살그머니 앳된 손을 잡으며
"너는 자라 무엇이 되려니"
"사람이 되지"
아우의 설운, 진정코 설운 대답이다.

슬머시 잡았던 손을 놓고
아우의 얼굴을 다시 들여다본다.

싸늘한 달이 붉은 이마에 젖어
아우의 얼굴은 슬픈 그림이다.

아 침

휙, 휙, 휙
소꼬리가 부드러운 채찍질로
어둠을 쫓아,
캄, 캄, 어둠이 깊다깊다 밝으오.

이제 이 동리의 아침이
풀살 오른 소 엉덩이처럼 푸드오.*
이 동리 콩죽 먹은 사람들이
땀물을 뿌려 이 여름을 길렀오.

잎, 잎, 풀잎마다 땀방울이 맺혔오.
구김살 없는 이 아침을
심호흡하오, 또 하오.

---

* 푸들다 – 살이 오른다는 뜻의 북도 사투리.

양지쪽

저쪽으로 황토 실은 이 땅 봄바람이
호인好人의 물레바퀴처럼 돌아 지나고

아롱진 4월 태양의 손길이
벽을 등진 섧은 가슴마다 올올이 만진다.

지도쩨기 놀음*에 뉘 땅인 줄 모르는 애 둘이
한 뼘 손가락이 짧음을 한함이여

아서라! 가뜩이나 엷은 평화가
깨어질까 근심스럽다.

---

* 지도쩨기 놀음 – 시인이 만든 말로 일종의 땅따먹기 놀이.

애기의 새벽

우리집에는
닭도 없단다.
다만
애기가 젖 달라 울어서
새벽이 된다.

우리 집에는
시계도 없단다.
다만
애기가 젖 달라 보채어
새벽이 된다.

오줌싸개 지도

빨랫줄에 걸어 논
요에다 그린 지도
지난밤에 내 동생
오줌 싸 그린 지도
꿈에 가 본 엄마 계신
별나라 지돈가?
돈 벌러 간 아빠 계신
만주 땅 지돈가?

오후의 구장球場

늦은 봄 기다리던 토요일
오후 세 시 반의 경성행 열차는
석탄 연기를 자욱이 품기고
지나가고

한 몸을 끄을기에 강하던
공이 자력을 잃고
한 모금의 물이
불붙는 목을 축이기에
넉넉하다.

젊은 가슴의 피 순환이 잦고,
두 철각鐵脚이 늘어진다.

검은 기차 연기와 함께
푸른 산이
아지랑이 저쪽으로
가라앉는다.

위 로

　거미란 놈이 흉한 심보로 병원 뒤뜰 난간과 꽃밭 사이 사람 발이 잘 닿지 않는 곳에 그물을 쳐 놓았다. 옥외 요양을 받는 젊은 사나이가 누워서 치어다보기 바르게 –

　나비가 한 마리 꽃밭에 날아들다 그물에 걸리었다. 노–란 날개를 파득거려도 파득거려도 나비는 자꾸 감기우기만 한다. 거미가 쏜살같이 가더니 끝없는 끝없는 실을 뽑아 나비의 온몸을 감아 버린다. 사나이는 긴 한숨을 쉬었다.

　나이보담 무수한 고생 끝에 때를 잃고 병을 얻은 이 사나이를 위로할 말이 – 거미줄을 헝클어 버리는 것밖에 위로의 말이 없었다.

유 언

후어-ㄴ한 방에
유언은 소리 없는 입놀림.

    바다에 진주 캐러 갔다는 아들
    해녀와 사랑을 속삭인다는 맏아들
    이밤에사 돌아오나 내다봐라—

평생 외롭던 아버지의 운명運命
감기우는 눈에 슬픔이 어린다.

외딴집에 개가 짖고
휘양찬 달이 문살에 흐르는 밤.

이런 날

사이좋은 정문의 두 돌기둥 끝에서
오색기五色旗와 태양기太陽旗가 춤을 추는 날,
금을 그은 지역의 아이들이 즐거워하다.

아이들에게 하루의 건조한 학과學課로
해말간 권태가 깃들고
'모순' 두 자를 이해치 못하도록
머리가 단순하였구나.

이런 날에는
잃어버린 완고하던 형을
부르고 싶다.

이 별

눈이 오다 물이 되는 날
잿빛 하늘에 또 뿌연내. 그리고
커다란 기관차는 빼 – 액 – 울며,
조그만 가슴은 울렁거린다.

이별이 너무 재빠르다. 안타깝게도
사랑하는 사람을
일터에서 만나자 하고 –

더운 손의 맛과 구슬 눈물이 마르기 전
기차는 꼬리를 산굽으로 돌렸다.

이적異蹟

발에 터부한 것을 다 빼어 버리고
황혼이 호수 위로 걸어오듯이
나도 사뿐사뿐 걸어 보리이까?

내사 이 호숫가로
부르는 이 없이
불리어 온 것은
참말 이적이외다.

오늘따라
연정, 자홀自惚, 시기, 이것들이
자꾸 금메달처럼 만져지는구려.

하나, 내 모든 것을 여념 없이
물결에 씻어 보내려니
당신은 호면湖面으로 나를 불러내소서.

장

이른 아침 아낙네들은 시들은 생활을
바구니 하나 가득 담아 이고……
업어 지고…… 안고 들고……
모여드오, 자꾸 장에 모여드오.

가난한 생활을 골골이 버려놓고
밀려가고 밀려오고……
제마다 생활을 외치오…… 싸우오.

왼하루 올망졸망한 생활을
되질하고 저울질하고 자질하다가
날이 저물어 아낙네들이
쓴 생활과 바꾸어 또 이고 돌아가오.

장미 병들어

장미 병들어
옮겨 놓을 이웃이 없도다.

달랑달랑 외로이
황마차幌馬車 태워 산에 보낼거나

뚜 — 구슬피
화륜선火輪船 태워 대양에 보낼거나

프로펠러 소리 요란히
비행기 태워 성층권에 보낼거나

이것저것
다 그만두고

자라가는 아들이 꿈을 깨기 전
이내 가슴에 묻어다오.

조개껍질

아롱아롱 조개껍데기
울 언니 바닷가에서
주워 온 조개껍데기

여긴여긴 북쪽 나라요
조개는 귀여운 선물
장난감 조개껍데기

데굴데굴 굴리며 놀다
짝 잃은 조개껍데기
한 짝을 그리워하네.

아롱아롱 조개껍데기
나처럼 그리워하네.
물소리 바닷물 소리.

종달새

종달새는 이른 봄날
질디진 거리의 뒷골목이
싫더라.
명랑한 봄 하늘,
가벼운 두 나래를 펴서
요염한 봄노래가
좋더라.
그러나
오늘도 구멍 뚫린 구두를 끌고,
훌렁훌렁 뒷거리 길로
고기 새끼 같은 나는 헤매나니,
나래와 노래가 없음인가
가슴이 답답하구나.

참 새

가을 지나 마당은 하이얀 종이
참새들이 글씨를 공부하지요.

째액째액 입으로 받아 읽으며
두 발로는 글씨를 연습하지요.

하루 종일 글씨를 공부하여도
짹자 한 자밖에는 더 못 쓰는걸.

참회록

파란 녹이 낀 구리 거울 속에
내 얼굴이 남아 있는 것은
어느 왕조의 유물이기에
이다지도 욕될까.*

나는 나의 참회의 글을 한 줄에 줄이자
　－만 24년 1개월을
　무슨 기쁨을 바라 살아 왔던가.

내일이나 모레나 그 어느 즐거운 날에
나는 또 한 줄의 참회록을 써야 한다.
　－그때 그 젊은 나이에
　왜 그런 부끄런 고백을 했던가.

밤이면 밤마다 나의 거울을
손바닥으로 발바닥으로 닦아보자.

그러면 어느 운석 밑으로 홀로 걸어가는
슬픈 사람의 뒷모양이
거울 속에 나타나온다.

---

* 욕되다 – 부끄럽고 명예스럽지 못하다.

창

쉬는 시간마다
나는 창녘으로 갑니다.

– 창은 산 가르침.

이글이글 불을 피워 주소,
이 방에 찬 것이 서립니다.

단풍잎 하나
맴도나 보니
아마도 자그마한 선풍旋風이 인 게외다.

그래도 싸늘한 유리창에
햇살이 쨍쨍한 무렵,
상학종上學鐘이 울어만 싶습니다.

창 공

그 여름날
열정의 포플러는
오려는 창공의 푸른 젖가슴을
어루만지려
팔을 펼쳐 흔들거렸다.
끓는 태양 그늘 좁다란 지점에서
천막 같은 하늘 밑에서
떠들던 소나기
그리고 번개를,
춤추던 구름은 이끌고
남방으로 도망하고,
높다랗게 창공은 한 폭으로
가지 위에 퍼지고
둥근 달과 기러기를 불러 왔다.

푸르른 어린 마음이 이상理想에 타고,
그의 동경憧憬의 날 가을에
조락凋落의 눈물을 비웃다.

초 한 대

초 한 대 —
내 방에 품긴 향내를 맡는다.

광명의 제단이 무너지기 전
나는 깨끗한 제물을 보았다.

염소의 갈비뼈 같은 그의 몸,
그의 생명인 심지까지
백옥 같은 눈물과 피를 흘려
불살려 버린다.

그러고도 책상 머리에 아롱거리며
선녀처럼 촛불은 춤을 춘다.

매를 본 꿩이 도망하듯이
암흑이 창구멍으로 도망한
나의 방에 품긴
제물의 위대한 향내를 맛보노라.

팔복 八福
    - 마태복음 5장 3~12

슬퍼하는 자는 복이 있나니
슬퍼하는 자는 복이 있나니
슬퍼하는 자는 복이 있나니
슬퍼하는 자는 복이 있나니
슬퍼하는 자는 복이 있나니
슬퍼하는 자는 복이 있나니
슬퍼하는 자는 복이 있나니
슬퍼하는 자는 복이 있나니

저희가 영원히 슬플 것이오.

편지

누나!
이 겨울에도
눈이 가득히 왔습니다.

흰 봉투에
눈을 한 줌 넣고
글씨도 쓰지 말고
우표도 붙이지 말고
말쑥하게 그대로
편지를 부칠까요?

누나 가신 나라엔
눈이 아니 온다기에.

풍 경

봄바람을 등진 초록빛 바다
쏟아질 듯 쏟아질 듯 위태롭다.

잔주름 치마폭의 두둥실거리는 물결은
오스라질 듯 한끝 경쾌롭다.

마스트 끝에 붉은 깃발이
여인의 머리칼처럼 나부낀다.

이 생생한 풍경을 앞세우며 뒤세우며
외 - ㄴ 하루 거닐고 싶다.

- 우중충한 5월 하늘 아래로,
- 바닷빛 포기포기에 수놓은 언덕으로.

한란계 寒暖計

싸늘한 대리석 기둥에 모가지를 비틀어 맨 한란계,
문득 들여다볼 수 있는 운명한 오척육촌五尺六寸의 허리가는 수은주,
마음은 유리관보다 맑소이다.

혈관이 단조로워 신경질인 여론동물輿論動物,
가끔 분수 같은 냉침을 억지로 삼키기에
정력을 낭비합니다.

영하로 손가락질할 수돌네 방처럼 추운 겨울보다
해바라기 만발한 8월 교정이 이상 - 소이다.
피끓을 그날이 -

어제는 막 소낙비가 퍼붓더니 오늘은 좋은 날씨올시다.
동저고리 바람에 언덕으로, 숲으로 하시구려 -
이렇게 가만가만 혼자서 귓속 이야기를 하였습니다.
나는 또 내가 모르는 사이에 -

나는 아마도 진실한 세기의 계절을 따라 -
하늘만 보이는 울타리 안을 뛰쳐,
역사 같은 포지선을 지켜야 봅니다.

할아버지

왜 떡이 쏩은 데도
자꼬 달라고 하오.

해바라기 얼굴

누나의 얼굴은
　　해바라기 얼굴
해가 금방 뜨자
　　일터에 간다.

해바라기 얼굴은
　　누나의 얼굴
얼굴이 숙어들어
　　집으로 온다.

햇비

아씨처럼 내린다.
보슬보슬 햇비
맞아 주자 다같이
    옥수숫대처럼 크게
    닷자 엿자 자라게
    햇님이 웃는다.
    나보고 웃는다.

하늘다리 놓였다.
알롱알롱 무지개
노래하자 즐겁게
    동무들아 이리 오나
    다같이 춤을 추자.
    햇님이 웃는다.
    즐거워 웃는다.

햇빛·바람

손가락에 침 발러
쏘옥, 쏙, 쏙
장에 가는 엄마 내다보려
문풍지를
쏘옥, 쏙, 쏙

아침에 햇빛이 반짝,

손가락에 침 발러
쏘옥, 쏙, 쏙,
장에 가신 엄마 돌아오나
문풍지를
쏘옥, 쏙, 쏙

저녁에 바람이 솔솔.

호주머니

넣을 것 없어
걱정이던
호주머니는

겨울만 되면
주먹 두 개 갑북갑북.

황혼이 바다가 되어

하루도 검푸른 물결에
흐느적 잠기고…… 잠기고……

저— 웬 검은 고기 떼가
물든 바다를 날아 횡단할꼬.

낙엽이 된 해초海草
해초마다 슬프기도 하오.

서창西窓에 걸린 해말간 풍경화.
옷고름 너어는 고아의 설움.

이제 첫 항해하는 마음을 먹고
방바닥에 나뒹구오…… 뒹구오……

황혼이 바다가 되어
오늘도 수많은 배가
나와 함께 이 물결에 잠겼을 게오.

흐르는 거리

으스럼히* 안개가 흐른다. 거리가 흘러간다. 저 전차, 자동차, 모든 바퀴가 어디로 흘리워 가는 것일까? 정박할 아무 항구도 없이, 가련한 많은 사람들을 싣고서, 안새 속에 잠긴 거리는.

거리 모퉁이 붉은 포스트 상자를 붙잡고 섰을라면 모든 것이 흐르는 속에 어렴풋이 빛나는 가로등, 꺼지지 않는 것은 무슨 상징일까? 사랑하는 동무 박朴이여! 그리고 김金이여! 자네들은 지금 어디 있는가? 끝없이 안개가 흐르는데.

'새로운 날 아침 우리 다시 정답게 손목을 잡아 보세' 몇 자 적어 포스트 속에 떨어뜨리고, 밤을 새워 기다리면 금휘장金徽章에 금 단추를 빼었고 거인처럼 찬란히 나타나는 배달부, 아침과 함께 즐거운 내림來臨.

이 밤을 하염없이 안개가 흐른다.

---

* 으스럼히-'으스름하다'의 방언. 희미하게.

흰 그림자

황혼이 짙어지는 길모금*에서
하루 종일 시들은 귀를 가만히 기울이면
땅거미 옮겨지는 발자취 소리.

발자취 소리를 들을 수 있도록
나는 총명했던가요.

이제 어리석게도 모든 것을 깨달은 다음
오래 마음 깊은 속에
괴로워하던 수많은 나를
하나둘 제 고장으로 돌려보내면
거리 모퉁이 어둠 속으로
소리 없이 사라지는 흰 그림자.

흰 그림자들
연연히 사랑하던 흰 그림자들.

내 모든 것을 돌려보낸 뒤
허전히 뒷골목을 돌아
황혼처럼 물드는 내 방으로 돌아오면

신념이 깊은 으젓한 양처럼
하루 종일 시름없이 풀포기나 뜯자.

----
* 길모금 - 길목.

3부 · 산문

달을 쏘다

번거롭던 사위(四圍)가 잠잠해지고 시계 소리가 또렷하나 보니 밤은 적이 깊을 대로 깊은 모양이다. 보던 책자를 책상머리에 밀어놓고 잠자리를 수습한 다음 잠옷을 걸치는 것이다. '딱' 스위치 소리와 함께 전등을 끄고 창녘의 침대에 드러누우니 이때까지 밝은 휘양찬 달밤이었던 것을 감각치 못하였었다. 이것도 밝은 전등의 혜택이었을까.

나의 누추한 방이 달빛에 잠겨 아름다운 그림이 된다는 것보다도 오히려 슬픈 선창(船艙)이 되는 것이다. 창살이 이마로부터 콧마루, 입술, 이렇게 하얀 가슴에 여민 손등에까지 어른거려 나의 마음을 간질이는 것이다. 옆에 누운 분의 숨소리에 방은 무시무시해진다. 아이처럼 황황해지는 가슴에 눈을 치떠서 밖을 내다보니 가을 하늘은 역시 맑고 우거진 송림은 한 폭의 묵화다. 달빛은 솔가지에 솔가지에 쏟아져 바람인 양 쏴-소리가 날 듯하다. 들리는 것은 시계 소리와 숨소리와 귀또리 울음뿐 벅적대던 기숙사도 절간보다 더한층 고요한 것이 아니냐?

나는 깊은 사념(思念)에 잠기우기 한창이다. 딴은 사랑스런 아가씨를 사유할 수 있는 아름다운 상화(想華)도 좋고, 어릴 적 미련을 두고 온 고향에의 향수도 좋거니와 그보담 손쉽게 표현 못할 심각한 그 무엇이 있다.

바다를 건너온 H군의 편지 사연을 곰곰 생각할수록 사람과 사람 사이의 감정이란 미묘한 것이다. 감상적인 그에게도 필연코 가을은 왔나 보다.

편지는 너무나 지나치지 않았던가. 그중 한 토막,

'군아 나는 지금 울며 울며 이 글을 쓴다. 이 밤도 달이 뜨고, 바람이 불고, 인간인 까닭에 가을이란 흙냄새도 안다. 정(情)의 눈

물, 따뜻한 예술학도였던 정의 눈물도 이 밤이 마지막이다.'

또 마지막 켠으로 이런 구절이 있다.

'당신은 나를 영원히 쫓아 버리는 것이 정직할 것이오.'

나는 이 글의 뉘앙스를 해득할 수 있다. 그러나 사실 나는 그에게 아픈 소리 한 마디 한 일이 없고 서러운 글 한 쪽 보낸 일이 없지 아니한가. 생각건대 이 죄는 다만 가을에게 지워 보낼 수밖에 없다.

홍안서생紅顏書生으로 이런 단안斷案을 내리는 것은 외람한 일이나 동무란 한낱 괴로운 존재요, 우정이란 진정코 위태로운 잔에 떠 놓은 물이다. 이 말을 반대할 자 누구랴. 그러나 지기知己 하나 얻기 힘든다 하거늘 알뜰한 동무 하나 잃어버린다는 것이 살을 베어 내는 아픔이다. 나는 나를 정원에서 발견하고 창을 넘어 나왔다든가 방문을 열고 나왔다든가 왜 나왔느냐 하는 어리석은 생각에 두뇌를 괴롭게 할 필요는 없는 것이다. 다만 귀뚜라미 울음에도 수줍어지는 코스모스 앞에 그윽히 서서 닥터 빌링스의 동상 그림자처럼 슬퍼지면 그만이다. 나는 이 마음을 아무에게나 전가시킬 심보는 없다. 옷깃은 민감이어서 달빛에도 싸늘히 추워지고 가을 이슬이란 선득선득하여서 서러운 사나이의 눈물인 것이다.

발걸음은 몸뚱이를 옮겨 못가에 세워줄 때 못 속에도 역시 가을이 있고, 삼경三更이 있고, 나무가 있고, 달이 있다.

그 찰나 가을이 원망스럽고 달이 미워진다. 더듬어 돌을 찾아 달을 향하여 죽어라고 팔매질을 하였다. 통쾌! 달은 산산이 부서지고 말았다. 그러나 놀랐던 물결이 찾아들 때 오래잖아 달은 도로 살아난 것이 아니냐, 문득 하늘을 쳐다보니 얄미운 달은 머리 위에서 빈정대는 것을······.

나는 꼿꼿한 나뭇가지를 고나 띠를 쩨서 줄을 메워 훌륭한 활을 만들었다. 그리고 좀 탄탄한 갈대로 화살을 삼아 무사武士의 마음을 먹고 달을 쏘다.

별똥 떨어진 데

밤이다.

하늘은 푸르다 못해 농회색으로 캄캄하나 별들만은 또렷또렷 빛난다. 침침한 어둠뿐만 아니라 오삭오삭 춥다. 이 육중한 기류 가운데 자조自嘲하는 한 젊은이가 있다. 그를 나라고 불러 두자.

나는 이 어둠에서 배태胚胎되고 이 어둠에서 생장하여서 아직도 이 어둠 속에 그대로 생존하나 보다. 이제 내가 갈 곳이 어딘지 몰라 허우적거리는 것이다. 하기는 나는 세기의 초점인 듯 초췌하다. 얼핏 생각하기에는 내 바탕을 반듯이 받들어 주는 것도 없고 그렇다고 내 머리를 갑박이 내려누르는 아무것도 없는 듯하다마는 내막은 그렇지도 않다. 나는 도무지 자유스럽지 못하다. 다만 나는 없는 듯 있는 하루살이처럼 허공에 부유浮游하는 한 점에 지나지 않는다. 이것이 하루살이처럼 경쾌하다면 마침 다행할 것인데 그렇지를 못하구나!

이 점의 대칭 위치에 또 하나 다른 밝음의 초점이 도사리고 있는 듯 생각킨다. 덥석 움키었으면 잡힐 듯도 하다.

마는 그것을 휘잡기에는 나 자신이 둔질鈍質이라는 것보다 오히려 내 마음에 아무런 준비도 배포치 못한 것이 아니냐. 그리고 보니 행복이란 별스런 손님을 불러들이기에도 또 다른 한 가닥 구실을 치르지 않으면 안 될까 보다.

이 밤이 나에게 있어 어린 적처럼 한낱 공포의 장막인 것은 벌써 흘러간 전설이오. 따라서 이 밤이 향락의 도가니라는 이야기도 나의 염원에선 아직 소화시키지 못할 돌덩이다. 오로지 밤은 나의 도전의 호적好適이면 그만이다.

이것이 생생한 관념세계에만 머무른다면 애석한 일이다. 어둠 속에 깜빡깜빡 조을며 다닥다닥 나란히 한 초가들이 아름다운 시의 화사華詞가 될 수 있다는 것은 벌써 지나간 제너레이션의 이야기요, 오늘에 있어서는 다만 말 못하는 비극의 배경이다.

이제 닭이 홰를 치면서 맵짠 울음을 뽑아 밤을 쫓고 어둠을 짓내몰아 동켠으로 훤언히 새벽이란 새로운 손님을 불러온다 하자. 하나 경망스럽게 그리 반가워할 것은 없다. 보아라, 가령 새벽이 왔다 하더라도 이 마을은 그대로 암담하고 나도 그대로 암담하고 하여서 너나 나나 이 가량지길에서 주저주저 아니치 못할 존재들이 아니냐.

나무가 있다.

그는 나의 오랜 이웃이요 벗이다. 그렇다고 그와 내가 성격이나 환경이나 생활이 공통한 데 있어서가 아니다. 말하자면 극단과 극단 사이에도 애정이 관통할 수 있다는 기적적인 교분의 표본에 지나지 못할 것이다.

나는 처음 그를 퍽 불행한 존재로 가소롭게 여겼다. 그의 앞에 설 때 슬퍼지고 측은한 마음이 앞을 가리곤 하였다. 마는 돌이켜 생각건대 나무처럼 행복한 생물은 다시 없을 듯하다. 굳음에는 이루 비길 데 없는 바위에도 그리 탐탁지는 못할망정 자양분이 있다 하거늘 어디로 간들 생의 뿌리를 박지 못하며 어디로 간들 생활의 불평이 있을쏘냐. 칙칙하면 솔솔 솔바람이 불어오고, 심심하면 새가 와서 노래를 부르다 가고, 촐촐하면 한 줄기 비가 오고, 밤이면 수많은 별들과 오순도순 이야기할 수 있고- 보다 나무는 행동의 방향이란 거추장스런 과제에 봉착하지 않고 인위적으로든 우연으로서든 탄생시켜 준 자리를 지켜 무진무궁한 영양소를 흡취하고 영롱한 햇빛을 받아들여 손쉽게 생활을 영위하고 오로지 하늘만 바라고 뻗어질 수 있는 것이 무엇보다 행복스럽지 않으냐.

이 밤도 과제를 풀지 못하여 안타까운 나의 마음에 나무의 마음이 점점 옮아오는 듯하고, 행동할 수 있는 자랑을 자랑치 못함에 뼈저리듯 하나 나의 젊은 선배의 웅변에 왈 선배도 믿지 못할 깃이라니 그러면 영리한 나무에게 나의 방향을 물이야 할 것인가.

어디로 가야 하느냐 동이 어디냐 서가 어디냐 남이 어디냐. 아차! 저 별이 번쩍 흐른다. 별똥 떨어진 데가 내가 갈 곳인가 보다. 하면 별똥아! 꼭 떨어져야 할 곳에 떨어져야 한다.

종시 終始

종점이 시점이 된다. 다시 시점이 종점이 된다.

아침저녁으로 이 자국을 밟게 되는데 이 자국을 밟게 된 연유가 있다. 일찍이 서산대사가 살았을 듯한 우거진 송림 속, 게다가 덩그러시 살림집은 외따로 한 채뿐이었으나 식구로는 굉장한 것이어서 한지붕 밑에서 팔도 사투리를 죄다 들을 만큼 모아놓은 미끈한 장정들만이 욱실욱실하였다. 이곳에 법령은 없었으나 여인 금납구禁納區였다. 만일 강심장의 여인이 있어 불의의 침입이 있다면 우리들의 호기심을 적이 자아내었고 방마다 새로운 화제가 생기곤 하였다. 이렇듯 수도생활에 나는 소라 속처럼 안도하였던 것이다.

사건이란 언제나 큰 데서 동기가 되는 것보다 오히려 적은 데서 더 많이 발작하는 것이다.

눈 온 날이었다. 동숙하는 친구의 친구가 한 시간 남짓한 문안 들어가는 차 시간까지를 낭비하기 위하여 나의 친구를 찾아들어와서 하는 대화였다.

"자네 여보게, 이 집 귀신이 되려나?"

"조용한 게 공부하기 작히나* 좋잖은가?"

"그래 책장이나 뒤적뒤적하면 공부줄 아나? 전차 간에서 내다볼 수 있는 광경, 정거장에서 맛볼 수 있는 광경, 다시 기차 속에서 대할 수 있는 모든 일들이 생활 아닌 것이 없거든, 생활 때문에 싸우는 이 분위기에 잠겨서 보고, 생각하고, 분석하고, 이거야말로 진정한 의미의 교육이 아니겠는가. 여보게! 자네 책장만 뒤지고 인생이 어떠하니 사회가 어떠하니 하는 것은 16세기에서나 찾

---

* 작히나 – '여북이나', '오죽이나' 등의 뜻으로, 혼자 느끼거나 물을 때에 쓰는 말.

아볼 일일세. 단연 문안으로 나오도록 마음을 돌리게."

 나한테 하는 권고는 아니었으나 이 말에 귀틈이 뚫려 상푸둥* 그러리라고 생각하였다. 비단 여기만이 아니라 인간을 떠나서 도를 닦는다는 것이 한낱 오락이요, 오락이매 생활이 될 수 없고 생활이 없으매 이 또한 죽은 공부가 아니랴. 하여 공부도 생활화하여야 되리라 생각하고 불일내에 문안으로 들어가기를 내심으로 단정해 버렸다. 그 뒤 매일같이 이 자국을 밟게 된 것이다.

 나만 일찍이 아침 거리의 새로운 감촉을 맛볼 줄만 알았더니 벌써 많은 사람들의 발자욱에 포도鋪道는 어수선할 대로 어수선했고 정류장에 머물 때마다 이 많은 무리를 죄다 어디 갖다 터뜨릴 심산인지 꾸역꾸역 자꾸 박아 싣는데 늙은이, 젊은이, 아이 할 것 없이 손에 꾸러미를 안 든 사람은 없다. 이것이 그들 생활의 꾸러미요, 동시에 권태의 꾸러미지도 모르겠다.

 이 꾸러미를 든 사람들의 얼굴을 하나하나씩 뜯어보기로 한다. 늙은이 얼굴이란 너무 오래 세파世波에 짜들어서 문제도 안 되겠거니와 그 젊은이들 낯짝이란 도무지 말씀이 아니다. 열이면 열이 다 우수 그것이요, 백이면 백이 다 비참 그것이다. 이들에게 웃음이란 가뭄에 콩싹이다. 필경 귀여우리라는 아이들의 얼굴을 보는 수밖에 없는데 아이들의 얼굴이란 너무나 창백하다. 혹시 숙제를 못해서 선생한테 꾸지람 들을 것이 걱정인지 풀이 죽어 쭈그러뜨린 것이 활기란 도무지 찾아볼 수 없다. 내 상도 필연코 그 꼴일 텐데 내 눈으로 그 꼴을 보지 못하는 것이 다행이다. 만일 다른 사람의 얼굴을 보듯 그렇게 자주 내 얼굴을 대한다고 할 것 같으면 벌써 요사하였을는지도 모른다.

 나는 내 눈을 의심하기로 하고 단념하자!

 차라리 성벽城壁 위에 펼친 하늘을 쳐다보는 편이 더 통쾌하다. 눈은 하늘과 성벽 경계선을 따라 자꾸 달리는 것인데 이 성

---

* 상푸둥 - (=내깨) '내가 괴이하게 여겼더니 과연 그렇구나' 또는 '내 그럴 줄 이미 알았다'라는 뜻으로 하는 말.

벽이란 현대로서 컴플러지한 옛 금성^{禁城}이다. 이 안에서 어떤 일이 이루어졌으며 어떤 일이 행하여지고 있는지 성 밖에서 살아왔고 살고 있는 우리들에게 알 바가 없다. 이제 다만 한 가닥 희망은 이 성벽이 끊어지는 곳이다.

기대는 언제나 크게 가질 것이 못 되어서 성벽이 끊어지는 곳에 총독부, 도청, 무슨 참고관^{參考館}, 체신국, 신문사, 소방조^{消防組}, 무슨 주식회사, 부청^{府廳}, 양복점, 고물상 등 나란히 하고 연달아오다가 아이스케이크 간판에 눈이 잠깐 머무는데, 이놈을 눈 내린 겨울에 빈 집을 지키는 꼴이라든가 제 신분에 맞지 않는 가게를 지키는 꼴을 살짝 필름에 올리어 본달 것 같으면 한 폭의 고등 풍자 만화가 될 터인데 하고 나는 눈을 감고 생각하기로 한다. 사실 요즈음 아이스케이크 간판 신세를 면치 아니치 못할 자 얼마나 되랴. 아이스케이크 간판은 정열에 불타는 염서^{炎署}가 진정코 아수롭다.*

눈을 감고 한참 생각하노라면 한 가지 거리끼는 것이 있는데 이것은 도덕률이란 거추장스러운 의무감이다. 젊은 녀석이 눈을 딱 감고 버티고 앉아 있다고 손가락질하는 것 같아서 번쩍 눈을 떠 본다. 하나 가까이 자선할 대상이 없음에 자리를 잃지 않겠다는 심정보다 오히려 아니꼽게 본 사람이 없으리란 데 안심이 된다.

이것은 과단성 있는 동무의 주장이지만 전차에서 만난 사람은 원수요, 기차에서 만난 사람은 지기라는 것이다. 딴은 그러리라고 얼마큼 수긍하였었다. 한 자리에서 몸을 비비적거리면서도 "오늘은 좋은 날씨올시다" "어디서 내리시나요"쯤의 인사는 주고받을 법한데 일언반구 없이 뚱-한 꼴들이 작히나 큰 원수를 맺고 지내는 사이들 같다. 만일 상냥한 사람이 있어 요만쯤의 예의를 밟는다고 할 것 같으면 전차 속의 사람들은 이를

---

* 아수롭다 – 아쉽다.

정신 이상자로 대접할 게다. 그러나 기차에서는 그렇지 않다. 명함을 서로 바꾸고 고향 이야기, 행방 이야기를 거리낌 없이 주고받고 심지어 남의 여로를 자기의 여로인 것처럼 걱정하고, 이 얼마나 다정한 인생행로냐?

이러는 사이에 남대문을 지나쳤다. 누가 있어 "자네 매일 같이 남대문을 두 번씩 지날 터인데 그래 늘 보곤 하는가"라는 어리석은 듯한 멘탈 테스트를 낸다면 나는 아연해지지 않을 수 없다. 가만히 기억을 더듬어 본달 것 같으면 늘이 아니라 이 자국을 밟은 이래 그 모습을 한 번이라도 쳐다본 적이 있었던 것 같지 않다. 하기는 나의 생활에 긴한 일이 아니매 당연한 일일 게다. 하나 여기에 하나의 교훈이 있다. 회수가 너무 잦으면 모든 것이 피상적이 되어 버리나니라.

이것과는 관련이 먼 이야기 같으나 무료한 시간을 까기 위하여 한마디 하면서 지나가자.

시골서는 제노라고 하는 양반이었던 모양인데 처음 서울 구경을 하고 돌아가서 며칠 동안 배운 서울 말씨를 섣불리 써가며 서울 거리를 손으로 형용하고 말로서 떠벌여 옮겨 놓더란데, 정차장에 턱 내리니 앞에 고색이 창연한 남대문이 반기는 듯 가로막혀 있고, 총독부 집이 크고, 창경원에 백 가지 금수가 봄 직했고, 덕수궁의 옛 궁전이 회포를 자아냈고, 화신和信 승강기는 머리가 횡-했고, 본정本町엔 전등이 낮처럼 밝은데 사람이 물 밀리듯 밀리고, 전차란 놈이 윙윙 소리를 지르며 지르며 연달아 달리고- 서울이 자기 하나를 위하여 이루어진 것처럼 우쭐했는데 이것쯤은 있을 듯한 일이다. 한데 게도 방정꾸러기가 있어

"남대문이란 현판이 참 명필이지요?"

하고 물으니 대답이 걸작이다.

"암 명필이구말구. 남南자 대大자 문門자 하나하나 살아서 막 꿈틀거리는 것 같데."

어느 모로나 서울 자랑하려는 이 양반으로서는 가당한 대답

일 게다. 이분에게 아현동 고개 막바지에, – 아니 치벽한데 말고, – 가까이 종로 뒷골목에 무엇이 있던가를 물었다면 얼마나 당황해했으랴.

나는 종점을 시점으로 바꾼다.

내가 내린 곳이 나의 종점이요, 내가 타는 곳이 나의 시점이 되는 까닭이다. 이 짧은 순간 많은 사람들 속에 나를 묻는 것인데 나는 이네들에게 너무나 피상적이 된다. 나의 휴머니티를 이네들에게 발휘해 낸다는 재주가 없다. 이네들의 기쁨과 슬픔과 아픈 데를 나로서는 측량한다는 수가 없는 까닭이다. 너무 막연하다. 사람이란 회수가 잦은 데와 양이 많은 데는 너무나 쉽게 피상적이 되나 보다. 그럴수록 자기 하나 간수하기에 분주하나 보다.

시그널을 밟고 기차는 왱 – 떠난다. 고향으로 향한 차도 아니건만 공연히 가슴은 설렌다. 우리 기차는 느릿느릿 가다 숨차면 가정거장假停車場에서도 선다. 매일같이 웬 여자들인지 주렁주렁 서 있다. 제마다 꾸러미를 안았는데 예의 그 꾸러민 듯싶다. 다들 방년된 아가씨들인데 몸매로 보아하니 공장으로 가는 직공들은 아닌 모양이다. 얌전히들 서서 기차를 기다리는 모양이다. 판단을 기다리는 모양이다. 하나 경망스럽게 유리창을 통하여 미인 판단을 내려서는 안 된다. 피상적 법칙이 여기에도 적용될지 모른다. 투명한 듯하여 믿지 못할 것이 유리다. 얼굴을 쩌개 논 듯이 한다든가 이마를 좁다랗게 한다든가 코를 말코로 만든다든가 턱을 조개 턱으로 만든다든가 하는 악희惡戱를 유리창이 때때로 감행하는 까닭이다. 판단을 내리는 자에게는 별반 이해관계가 없다손 치더라도 판단을 받는 당자에게 오히려 행운이 도망갈는지를 누가 보장할쏘냐. 여하간 아무리 투명한 꺼풀일지라도 깨끗이 벗겨 버리는 것이 마땅할 것이다.

이윽고 터널이 입을 벌리고 기다리는데 거리 한가운데 지하철도도 아닌 터널이 있다는 것이 얼마나 슬픈 일이냐. 이 터널이란 인류 역사의 암흑시대요 인생행로의 고민상이다. 공연히 바퀴소리만 요란하다. 구역날 악질의 연기가 스며든다. 하나 미구久에 우리에게 광명의 천지가 있다.

터널을 벗어났을 때 요즈음 복선공사에 분주한 노동자들을 볼 수 있다. 아침 첫차에 나갔을 때에도 일하고, 저녁 늦차에 들어올 때에도 그네들은 그대로 일하는데 언제 시작하여 언제 그치는지 나로서는 헤아릴 수 없다. 이네들이야말로 건설의 사도들이다. 땀과 피를 아끼지 않는다.

그 육중한 트럭을 밀면서도 마음만은 요원한 데 있어 트럭판장에다 서투른 글씨로 신경행新京行이니 북경행北京行이니 남경행南京行이니라고 써서 타고 다니는 것이 아니라 밀고 다닌다. 그네들의 마음을 볼 수 있다. 그것이 고역苦役에 위안이 안 된다고 누가 주장하랴.

이제 나는 곧 종시終始를 바꿔야한다. 하나 내 차에도 신경행, 북경행, 남경행을 달고 싶다. 세계 일주행이라고 달고 싶다. 아니 그보다도 진정한 내 고향이 있다면 고향행을 달겠다. 도착하여야 할 시대의 정거장이 있다면 더 좋다.

투르게네프의 언덕

나는 고갯길을 넘고 있었다…… 그때 세 소년 거지가 나를 지나쳤다.

첫째 아이는 잔등에 바구니를 둘러메고, 바구니 속에는 사이다병, 간즈메통, 쇳조각, 헌 양말짝 등 폐물이 가득하였다.

둘째 아이도 그러하였다.

셋째 아이도 그러하였다.

텁수룩한 머리털, 시커먼 얼굴에 눈물 고인 충혈된 눈, 색 잃어 푸르스름한 입술, 너덜너덜한 남루襤褸, 찢겨진 맨발.

아아, 얼마나 무서운 가난이 이 어린 소년들을 삼키었느냐!

나는 측은한 마음이 움직이었다.

나는 호주머니를 뒤지었다. 두툼한 지갑, 시계, 손수건…… 있을 것은 죄다 있었다.

그러나 무턱대고 이것들을 내 줄 용기는 없었다. 손으로 만지작만지작거릴 뿐이었다.

다정스레 이야기나 하리라 하고 '애들아' 불러 보았다.

첫째 아이가 충혈된 눈으로 흘끔 돌아다볼 뿐이었다.

둘째 아이도 그러할 뿐이었다.

셋째 아이도 그러할 뿐이었다.

그러고는 너는 상관없다는 듯이 자기네끼리 소곤소곤 이야기하면서 고개로 넘어갔다.

언덕 위에는 아무도 없었다.

짙어가는 황혼이 밀려들 뿐.

화원에 꽃이 핀다

개나리, 진달래, 앉은뱅이, 라일락, 민들레, 찔레, 복사, 들장미, 해당화, 모란, 릴리, 창포, 튤립, 카네이션, 봉선화, 백일홍, 채송화, 달리아, 해바라기, 코스모스 — 코스모스가 홀홀히 떨어지는 날 우주의 마지막은 아닙니다. 여기에 푸른 하늘이 높아지고 빨간 노란 단풍이 꽃에 못지않게 가지마다 물들었다가 귀또리 울음이 끊어짐과 함께 단풍의 세계가 무너지고 그 위에 하룻밤 사이에 소복이 흰 눈이 내려, 내려 쌓이고 화로에는 빨간 숯불이 피어오르고 많은 이야기와 많은 일이 이 화롯가에서 이루어집니다.

독자제현! 여러분은 이 글이 씌어지는 때를 독특한 계절로 짐작해서는 아니 됩니다. 아니 봄, 여름, 가을, 겨울, 어느 철로나 상정하셔도 무방합니다. 사실 1년 내내 봄일 수는 없습니다. 하나 이 화원에는 사철내 봄이 청춘들과 함께 싱싱하게 등대하여 있다고 하면 과분한 자기선전일까요. 하나의 꽃밭이 이루어지도록 손쉽게 되는 것이 아니라 고생과 노력이 있어야 하는 것입니다. 따은 얼마의 단어를 모아 이 졸문을 지적거리는 데도 내 머리는 그렇게 명석한 것은 못 됩니다. 한 해 동안을 내 두뇌로서가 아니라 몸으로서 일일이 헤아려 세포 사이마다 간직해 두어서야 겨우 몇 줄의 글이 이루어집니다. 그리하여 나에게 있어 글을 쓴다는 것이 그리 즐거운 일일 수는 없습니다. 봄바람의 고민에 짜들고 녹음의 권태에 시들고, 가을 하늘 감상에 울고, 노변爐邊의 사색에 졸다가 이 몇 줄의 글과 나의 화원과 함께 나의 1년은 이루어집니다.

시간을 먹는다는(이 말의 의의와 이 말의 묘미는 칠판 앞에 서 보신 분과 칠판 밑에 앉아 보신 분은 누구나 아실 것입니다.) 것은 확실히 즐거운 일임에 틀림없습니다. 하루를 휴강한다는 것보다(하긴 슬그머니 까먹어 버리면 그만이지만) 다 못한 시간, 숙제를 못해 왔다든가 따분하고 졸리고 한때, 한 시간의 휴강은 진실로 살로 가는 것이어서, 만일 교수가 불편하여서 못 나오셨다고 하더라도 미처 우리들의 예의를 갖출 사이가 없는 것입니다. 그러나 이것을 우리들의 망발 떨기의 붉은 꽃과 함께 웃음이 있습니다. 노트장을 적시는 것보다 한우충동(韓牛充棟)에 묻혀 글줄과 씨름하는 것보다 더 정확히 진리를 탐구할 수 있을는지, 보다 더 많은 지식을 획득할 수 있을는지, 보다 더 효과적인 성과가 있을지를 누가 부인하겠습니까.

나는 이 귀한 시간을 슬그머니 동무들을 떠나서 단 혼자 화원을 거닐 수 있습니다. 단 혼자 꽃들과 풀들과 이야기할 수 있다는 것이 얼마나 다행한 일이겠습니까. 참말 나는 온정으로 이들을 대할 수 있고 그들은 나를 웃음으로 맞아 줍니다. 그 웃음을 눈물로 대한다는 것은 나의 감상일까요. 고독·정숙도 확실히 아름다운 것임에 틀림이 없으나, 여기에 또 서로 마음을 주는 동무가 있는 것도 다행한 일이 아닐 수 없습니다. 우리 화원 속에 모인 동무들 중에 집에 학비를 청구하는 편지를 쓰는 날 저녁이면 생각하고 생각하던 끝 겨우 몇 줄 써 보낸다는 A군, 기뻐해야 할 서류(통칭 월급봉투)를 받아든 손이 떨린다는 B군, 사랑을 위하여서는 밥맛을 잃고 잠을 잊어버린다는 C군, 사상적 당착에 자살을 기약한다는 D군…… 나는 이 여러 동무들의 갸륵한 심정을 내 것인 것처럼 이해할 수 있습니다. 서로 너그러운 마음으로 대할 수 있습니다.

나는 세계관, 인생관, 이런 좀 더 큰 문제보다 바람과 구름과 햇빛과 나무와 우정, 이런 것들에 더 많이 괴로워해 왔는지도 모르겠습니다. 단지 이 말이 나의 역설이나, 나 자신을 흐리우는 데 지날 뿐일까요. 일단은 현대 학생 도덕이 부패했다고 말합니다. 스승을 섬길 줄을 모른다고들 합니다. 옳은 말씀들입니다. 부끄러울 따름입니다. 하나 이 결함을 괴로워하는 우리들 어깨에 지워 광야로 내쫓아 버려야 하나요. 우리들의 아픈 데를 알아주는 스승, 우리들의 생채기를 어루만져 주는 따뜻한 세계가 있다면 박탈된 도덕일지언정 기울여 스승을 진심으로 존경하겠습니다. 온정의 거리에서 원수를 만나면 손목을 붙잡고 목놓아 울겠습니다.

세상은 해를 거듭 포성砲聲에 떠들썩하건만 극히 조용한 가운데 우리들 동산에서 서로 융합할 수 있고 이해할 수 있고 종전의 X*가 있는 것은 시세의 역효과일까요.

봄이 가고, 여름이 가고, 가을, 코스모스가 홀홀히 떨어지는 날 우주의 마지막은 아닙니다. 단풍의 세계가 있고 – 이상이견빙지履霜而堅氷至 – 서리를 밟거든 얼음이 굳어질 것을 각오하라가 아니라, 우리는 서릿발에 끼친 낙엽을 밟으면서 멀리 봄이 올 것을 믿습니다.

노변에서 많은 일이 이뤄질 것입니다.

---

* X가 – 적절한 말을 찾지 못하여 시인은 X로 표현한 듯하다.

윤동주 시 바로 읽기

 윤동주(尹東柱)는 1917년 12월 30일 만주의 간도성 화룡면 명동촌에서 아버지 윤영석(尹永錫)과 어머니 김용(金龍) 사이에서 태어났다. 일찍이 개화한 기독교 가문으로, 그의 할아버지는 교회 장로를 지냈으며, 아버지는 베이징 유학을 마치고 당시 명동 소학교의 교사였다. 집안 형편은 소지주로서 비교적 넉넉한 편이었다. 윤동주는 3남 1녀 중 장남이었고, 누이 윤혜원(尹惠媛), 남동생 윤일주(尹一柱, 성균관대학 교수), 윤광주(尹光柱)가 있는데, 이 중 윤광주는 6·25때 월남하지 못하여 생사불명이다.

 윤동주는 교회에서 유아 세례를 받았고, 아홉 살 때 간도에 있는 명동 소학교에 입학하였다. 이 학교는 당시 외삼촌인 김약연(金躍淵) 선생이 설립한 학교로 민족주의 교육을 시행하던 학교였다. 윤동주는 이 학교에서 조선어와 조선 역사를 배웠으며, 학교 행사 때는 태극기 밑에서 애국가를 부르곤 하였다. 당시 그와 이 학교를 함께 다닌 친구로 훗날 그와 함께 후쿠오카 형무소에서 옥사한 고종사촌 송몽규(宋夢圭)와 문익환(文益煥) 목사, 외사촌인 시인 김정우(金楨宇) 등이 있다. 그중 송몽규와는 여러 모로 통하는 바가 있어 소학교 4학년 무렵부터 둘은 당시 서울서 간행하던 어린이 잡지 「어린이」·「아이 생활」 등을 탐독하며 어린 시절의 꿈을 키웠다고 한다. 그리고 그 어린 나이에 학교에서 등사판으로 「새 명동」이라는 문예지를 편집, 간행하여 여기다 스스로 자기들이 쓴 동시와 동요를 발표하였다고 한다.

 1931년, 그의 나이 15세 되던 해에 명동 소학교를 졸업하였다. 이때 학교에서 졸업 선물로 김동환(金東煥)의 서사시집 《국

경의 밤》을 받고 그것을 탐독하였으며, 같은 해에 그는 송몽규, 김정우와 함께 명동에서 20리쯤 떨어진 중국인 학교인 대랍자(大拉子) 소학교 6학년에 편입하여 일 년간 중국 아이들과 함께 공부하였다. 그의 시 〈별 헤는 밤〉에 나오는 '패(佩), 경(鏡), 옥(玉), 이런 이국 소녀······'란 바로 이때를 회상한 말이다. 대랍자 소학교를 마친 그는 당시 용정(龍井)에 있는 은진(恩眞) 중학교에 입학하였고, 그 당시 이 학교에서 명희조 선생이 국사, 한문, 동양사 등을 가르쳤는데, 이 분으로부터 독립 사상과 민족의식에 대하여 많은 깨우침을 받았다고 한다.

당시 은진 중학은 캐나다 선교 재단이 운영하는 기독교계 학교로 간도 용정에 있었는데, 동주의 부친은 그의 통학을 위하여 그해 농토와 집을 소작인에게 맡기고 용정으로 이사하였다고 한다. 그는 은진 중학교에 들어와서도 뛰어난 재질을 보여, 스스로 교내활동으로 문예지를 만들어 그와 친구들이 작품을 손수 프린트로 하여 책자로 돌리기도 하였으며, 한때 학교 축구 선수로 활약하기도 하였고, 어느 때는 교내 웅변대회에서 1등을 하는 등 다방면에 재능을 발휘하기도 하였다.

1934년, 그의 나이 18세 때 이미 〈삶과 죽음〉·〈초 한 대〉·〈내일은 없다〉등의 시를 쓰기 시작하였으며, 이때부터 그의 시작 노트의 말미에는 시작 날짜를 기록하는 습관이 생겼다. 그는 그러는 중에도 교회일에 열심이어서 용정 중앙교회 주일학교에서 유년부 학생들을 가르치기도 하였다. 은진 중학교 3학년이 되던 9월에 그는 보다 폭넓은 공부를 해야겠다는 꿈을 안고 평양에 있는 숭실 중학교로 편입하게 된다. 여기서 그는 기숙사에서 지내면서 본격적으로 독립사상과 민족의식 교육을 받았으며, 한편으로는 문예 창작 활동에 몰두하게 된다. 그러나 이 무렵 일제는 이른바 신사 참배를 거부하였다는 이유로 1936년에 이 학교를 폐교하였고, 동주는 다시 용정으로 돌아와 광명 학원 중학부 4년에 편입하여 수학을 계속하게 된다. 이때 그는 간도에

서 발행하던 「카톨릭 소년」이란 잡지에 '동주(童舟)'란 필명으로
〈병아리〉, 〈빗자루〉 등의 동시를 발표하곤 하였다.

  요오리조리 베면 저고리 되고
  이이렇게 베면 큰 총 되지.
   누나하고 나하고
   가위로 종이 쏠았더니
   어머니가 빗자루 들고
   누나 하나 나 하나
   엉덩이를 때렸소.
   방바닥이 어지럽다고 -

   아아니 아니
   고놈의 빗자루가
   방바닥 쓸기 싫으니
   그랬지 그랬어.
  괘씸하여 벽장 속에 감췄더니
  이튿날 아침 빗자루가 없다고
  어머니가 야단이지요.

                      -〈빗자루〉

이 밖에도 〈오줌싸개 지도〉, 〈무얼 먹구 사나〉, 〈거짓부리〉 등 재미있는 동시를 계속하여 발표하는 열의를 보였다.
  1938년 광명 중학을 졸업할 무렵이 되자 그는 상급 학교 진학 문제로 심각한 고뇌에 빠지게 된다. 동주의 부친은 자신이 겪은 식민지 치하의 그 숱한 수모를 생각하여, 이것저것 다 버

리고 의학 공부나 시켜 장차 의사로 키우리라 생각하였으나 윤동주는 굳이 의학은 싫고 문학 공부를 하겠다고 고집을 부렸다. 이때 이미 동주의 가슴 속에는 민족의식이 확고히 자리 잡고 있었으며, 그는 그런 민족적 울분을 문학을 통하여 발산하고 싶은 의욕에 넘치고 있었다.

부자간의 이 갈등은 얼마 동안 아주 심각할 만큼 불편한 관계에 있었으나, 도저히 동주의 고집을 꺾을 수 없는 것을 안 그의 조부 윤하연과 외삼촌 김약연의 설득으로 마침내 연희 전문학교 문과 진학이 허락되었다.

이래서 1938년 그의 나이 스물두 살 되던 해 4월, 그는 광명 중학교 5학년을 졸업하고, 송몽규와 함께 연전 문과에 나란히 입학하게 된다.

송몽규와 윤동주는 고종사촌간이며 어린 시절부터 거의 동고 동락을 함께 한 소꿉친구이다. 송몽규의 집안은 독립 운동가의 후손으로, 이미 은진 중학교 시절에 그의 스승인 명희조 선생의 밀명을 받고 어린 나이에 베이징·상하이 등지에 있는 독립 운동가들과의 연락, 편의를 봐 주는 등 독립 운동의 심부름꾼으로 활약한 사실이 있어 사상적으로 확고한 신념을 가진 청년이었다. 그러므로 그와 윤동주는 이미 어린 시절부터 거의 숙명적으로 만난 업고(業苦)의 동반자인 것이다. 송몽규의 이와 같은 전력을 아는 일본 경찰은 이미 송몽규가 연전에 입학할 무렵부터 이른바 '요시찰 인물'로 감시를 했고, 이 때문에 그와 가까운 윤동주도 행동에 제약을 받았다.

어쨌든 연전에 입학한 이 둘은 마냥 기쁘기만 하였다. 그렇게 소원이던 문학 공부를 할 수 있다는 사실도 그러려니와 무엇보다 연전은 외국인이 경영하는 사립학교로, 아직 그때만 해도 우리말과 글을 배울 수 있을 만큼 학교의 분위기도 비교적 자유로워서 그들은 젊은 날의 꿈과 낭만을 마음껏 펼 수 있었던 것이다. 수업이 끝나면 그들은 연전 앞 서강천 냇가를 산책하면서

앙드레 지드, 도스토예프스키, 키에르케고르, 발레리, 릴케 등을 들먹이며 문학청년으로서의 꿈을 키우고 있었다.

어제도 가고 오늘도 갈
나의 길 새로운 길

민들레가 피고 바람이 일고
아가씨가 지나고 바람이 일고

나의 길은 언제나 새로운 길
오늘도…… 내일도…….

- 〈새로운 길〉 중에서

이 무렵에 쓴 윤동주의 시다. 이 시 속에는 어두운 요소란 하나도 없다. 그저 어제도 가고 오늘도 갈 새로운 길이 있을 뿐이다. 그만큼 그는 한때나마 희망에 부풀어 있었다. 그는 당시 이른바 흥아구락부 사건으로 교수직을 박탈당하고 학교 도서관에서 촉탁 일을 보고 있던 외솔 최현배 선생으로부터 조선어를 사사받았으며, 영어는 이양하 선생으로부터 배웠다. 이때부터 서서히 그의 민족의식과 역사의식이 고개를 들기 시작하였으며, 민족과 역사 앞에 내가 해야 할 일이 무엇인가에 대하여 심각한 고뇌에 빠져 있었다. 그리고 이와 같은 사상적 성숙은 그의 시의 방향에도 종래와는 판이한 양상으로 바뀌는 계기가 되었다. 이제 단순한 서정적 감성에 빠져 있던 그의 시 세계는 어두운 역사를 향해 부르짖는 거친 목소리를 토해 내기 시작한 것이다.

흰 수건이 검은 머리를 두르고
흰 고무신이 거친 발에 걸리우다.

흰 저고리 치마가 슬픈 몸짓을 가리고
흰 띠가 가는 허리를 질끈 동이다.

- 〈슬픈 족속〉

이 무렵에 쓰인 이런 시의 발상은 모두가 그의 역사의식과 소명의식에서 비롯된 것이 분명하다. '흰 수건', '흰 고무신', '흰 저고리', '흰 치마', '흰 띠' 이 모두는 백의민족을 상징한 표현임에는 의심할 여지가 없다. 그것들이 모두 거칠고 슬픈 몸짓으로 그의 심상에 와서 슬픈 노래를 빚기 시작한 것이다. 이 슬픈 족속을 위해 내가 부를 노래가 무엇인가에 대하여 그는 드디어 가슴을 앓기 시작한 것이다.

1940년 일제의 조선민족 말살정책은 이제 절정에 달하여, 조선·동아의 양대 일간지가 폐간당하고, 귀도 입도 잃고 넝마처럼 떠돌며 살아야 했던 우리 민족의 비극적 역사는 그의 애국적 열정을 더욱더 아프게 하였던 것이다.

산모퉁이를 돌아 논가 외딴 우물을 홀로 찾아가선 가만히 들여다봅니다.

우물 속에는 달이 밝고 구름이 흐르고 바람이 펼치고 파아란 바람이 불고 가을이 있습니다.

그리고 한 사나이가 있습니다.

어쩐지 그 사나이가 미워져 돌아갑니다.

돌아가다 생각하니 그 사나이가 가엾어집니다.
도로 가 들여다보니 사나이는 그대로 있습니다.

다시 그 사나이가 미워져 돌아갑니다.
돌아가다 생각하니 그 사나이가 그리워집니다.

우물 속에는 달이 밝고 구름이 흐르고 하늘이 펼치고 파아란 바람이 불고 가을이 있고 추억처럼 사나이가 있습니다.

- 〈자화상〉

  이 시는 당시 연전 문과에서 발행한 「문우(文友)」란 잡지에 실린 윤동주의 시이다. 이 시 속에 나오는 밉고 그립고, 추억처럼 서 있는 사나이는 작자 자신을 가리킨 것이다. 이런 시를 통하여 그의 번민이 무엇이었던가를 짐작하기는 어렵지 않다. 그의 시가 점차 어둠의 그림자를 늘어뜨리기 시작한 것은 이 같은 시대적 상황과 함수 관계를 가지고 있다.
  이때부터 그의 시는 차차 원숙한 경지에 들어가게 된다. 그는 천부적 재기(才氣)를 타고난 시인으로, 사물을 보는 그의 날카로운 감각은 이미 범사의 그것이 아니었다. 그는 어쩌다 산책길에서 만나는 이름 모를 아낙네나 학교길에서 마주치는 어린 소년의 표정 하나에서도 무한한 연민의 정을 느끼곤 하였다고 한다. 그의 그런 예민한 감성과 지각은 다음과 같은 시를 통하여 한눈에 읽을 수 있다.

죽는 날까지 하늘을 우러러
한 점 부끄럼이 없기를,
잎새에 이는 바람에도
나는 괴로워했다.
별을 노래하는 마음으로
모든 죽어가는 것을 사랑해야지.
그리고 나한테 주어진 길을
걸어가야겠다.

오늘 밤에도 별이 바람에 스치운다.

―〈서시〉

하늘을 우러러 한 점 부끄럼이 없기를 바란 이 시인의 순수 무구한 시 정신은, 그가 이역의 형장에서 숨을 거둔 그날까지 민족과 역사 앞에 한 점 부끄럼 없는 최후를 마칠 수 있게 했다. 그만큼 그의 시는 단순한 손끝으로 쓴 기교의 시가 아니라, 그의 절실한 영혼의 목소리로 뼈를 깎아서 시를 썼던 것이다. 그의 시가 여느 기교의 시인과 근본적으로 다른 평가를 받아 마땅한 것은 이 때문이다. 실제로 이 땅에 살다 간 많은 시인 가운데 윤동주만큼 철두철미하게 시와 생활이 밀착된 시인이 또 있었을까.

그는 평범한 시인이기 이전에 이미 순교자의 몸짓으로 시를 썼던 것이다.

쫓아오던 햇빛인데
지금 교회당 꼭대기
십자가에 걸리었습니다.

첨탑이 저렇게도 높은데
어떻게 올라갈 수 있을까요.

종소리도 들려오지 않는데
휘파람이나 불며 서성거리다가

괴로웠던 사나이,
행복한 예수 그리스도에게
처럼
십자가가 허락된다면

모가지를 드리우고
꽃처럼 피어나는 피를
어두워가는 하늘 밑에
조용히 흘리겠습니다.

-〈십자가〉

  이렇게 그는 조국과 민족의 슬픈 역사 앞에 스스로 십자가를 짊어질 각오를 하고 있었던 것이다.
  1941년 5월 그는 친구 정병욱과 함께 연전 기숙사 생활을 청산하고 종로구 누상동 9번지 김송(金松)의 집에서 하숙하게 된다. 이때 소설가 김송은 이른바 사상범으로 함흥에서 감옥살이를 하고 집에 와 은신하고 있을 때였다. 사상적으로 이해가 깊은 이들은 서로 위로하며 함께 생활을 하게 되어, 밖의 상황은 언제나 불안했지만 마음만은 평화로웠다. 이때 그는 키에르케고르, 도스토예프스키, 발레리, 앙드레 지드, 보들레르, 릴케, 장 콕토의 작품을 탐독하였으며, 국내의 정지용, 김영랑, 이상,

서정주 등의 시를 즐겨 읽었다고 한다.

'요시찰 인물'로 김송의 집에 대한 감시가 심해지자 이들은 그해 9월 다시 하숙을 북아현동으로 옮기게 된다. 그러나 이 집은 하숙을 전문으로 하는 집이었으므로 편안한 안식처가 되지는 못했다. 그러는 사이, 이해 12월 27일에 그는 연희 전문학교 문과를 졸업하게 된다. 이때 그는 그간에 쓴 자작시 19편을 모아 《하늘과 바람과 별과 시》라는 시집을 간행하려고 그의 스승 이양하 선생께 의논하였으나, 이양하 선생은 그의 시를 한 번 읽어 보고는 지금은 때가 아니라고 하여 그의 시집 발간을 유보시킨다. 이것은 그 무렵 도저히 세상에 내놓기 어려운 내용의 시여서, 그의 신변을 염려한 스승의 배려였다. 그러나 이 무렵에 그는 가장 왕성한 의욕으로 시작에 몰두했다. 〈또 다른 고향〉, 〈별 헤는 밤〉, 〈새벽이 올 때까지〉 등과 같은 원숙한 시를 쓴 것도 이 무렵이다.

고향에 돌아온 날 밤에
내 백골이 따라와 한방에 누웠다.

어둔 방은 우주로 통하고
하늘에선가 소리처럼 바람이 불어온다.

어둠 속에서 곱게 풍화작용하는
백골을 들여다보며
눈물짓는 것이 내가 우는 것이냐
백골이 우는 것이냐
아름다운 혼이 우는 것이냐

-〈또 다른 고향〉 중에서

윤동주의 시에 있어서 '고향'은 늘 그의 에스프리의 본원지였다. 그만큼 그는 고향에 대한 강한 향수가 몸에서 떠나질 않았다. 그도 그럴 것이 그의 짧은 생애는 그의 소학교 시절을 제외하고는 모두가 객지 생활이었기 때문이다. 그리고 그의 고향에 대한 강한 향수는 단순한 향수만이 아니라, 그것은 민족애·조국애의 향수와 상통한다. 그것은 그의 가슴 속에 불타는 애국적 정열을 어린 시절의 고향에 대한 그리움의 감성에서 찾고 싶었던 것이다. 그러나 그 고향도 식민지라는 비극적 역사의 회오리바람 속에서 너무나 많이 퇴색해 있었다. 〈또 다른 고향〉은 그런 상실된 고향에 대한 마음의 갈등을 노래한 시이다.

'고향에 돌아온 날 밤에 함께 따라와 누운 백골(이것은 그의 정신적 분신이다), 그 백골을 들여다보며 눈물짓는 것이 내가 우는 것이냐, 백골이 우는 것이냐, 아름다운 혼이 우는 것이냐.'에서 '나, 백골, 아름다운 혼'은 모두가 작자 자신의 분신을 삼위일체로 표현한 말이다. 그러면서도 이것들은 한결같이 울고 있다. 얼마나 처참한 비극적 절규인가. 그래서 작자는 또다시 아름다운 또 다른 고향으로 가자고 강조한다. 그러나 그 아름다운 또 다른 고향은 어디 있겠는가. 그 무렵의 그 극한 상황에서 그가 찾고 있는 안주(安住)의 고향은 어디에도 없었다.

여기서 그가 새로 설정한 에스프리의 고향은 바로 '하늘과 바람과 별'이었던 것이다. 천체에 대한 그리움, 이것이 그의 이데아의 고향이 될 수밖에 없었다.

어머님, 나는 별 하나에 아름다운 말 한 마디씩 불러 봅니다. 소학교 때 책상을 같이 했던 아이들의 이름과 패佩, 경鏡, 옥玉, 이런 이국 소녀들의 이름과 벌써 애기 어머니 된 계집애들의 이름과 가난한 이웃 사람들의 이름과 비둘기, 강아지, 토끼, 노새, 노루, 프랑시스 잠, 라이너 마리아 릴케, 이런 시인의 이름을 불러 봅니다.

이네들은 너무나 멀리 있습니다.
별이 아슬히 멀 듯이.

어머님,
그리고 당신은 멀리 북간도에 계십니다.

나는 무엇인지 그리워
이 많은 별빛이 내린 언덕 위에
내 이름자를 써보고,
흙으로 덮어 버리었습니다.

딴은 밤을 새워 우는 벌레는
부끄러운 이름을 슬퍼하는 까닭입니다.

그러나 겨울이 지나고 나의 별에도 봄이 오면
무덤 위에 파란 잔디가 피어나듯이

― 〈별 헤는 밤〉 중에서

  이 시에서 여러 번 사용한 '나의 별'은 결국 작자가 마지막으로 찾아 낸 이데아의 고향이다. 그는 이 고향을 찾기 위해 몸부림쳤고 '하늘과 바람과 별'은 이래서 그의 시 지표와 신앙이 되었다.
  1942년 4월, 그의 나이 스물여섯이 되던 해에 그는 일본 릿교대학(立敎大學) 영문과에 입학하게 된다. 그해 여름 방학에 고향에 돌아 온 그는 아우 윤일주에게 "앞으로는 우리말 인쇄물이 사라질 것이니 무엇이나 잘 수집해 두고 심지어 우리말로 된 악보도 사서 모으라."는 당부를 하였다고 한다. 그러나 이것이 그의 마지막 유언이 될 줄이야.

윤동주가 마지막으로 고향을 떠난 것은 그해 7월, 여름 방학이 끝나기 전이었다. 그 무렵 모친은 병상에 있어 떠나기 전까지 그는 어머니 곁에서 간호하였다고 한다. 동북 대학에 다니는 한 친구로부터 전보를 받고 황급히 일본으로 건너간 그는 무엇 때문인지 학교를 교토의 도시샤 대학 영문과로 옮겼다고 한다. 그 무렵의 그의 생활은 말할 수 없는 고독과 비탄의 나날이었다.

황혼이 짙어지는 길모금에서
하루 종일 시들은 귀를 가만히 기울이면
땅거미 옮겨지는 발자취 소리.

발자취 소리를 들을 수 있도록
나는 총명했던가요.

이제 어리석게도 모든 것을 깨달은 다음
오래 마음 깊은 속에
괴로워하던 수많은 나를
하나둘 제 고장으로 돌려보내면
거리 모퉁이 어둠 속으로
소리 없이 사라지는 흰 그림자들,
내 모든 것을 돌려보낸 뒤
허전히 뒷골목을 돌아
황혼처럼 물드는 내 방으로 돌아오면

신념이 깊은 의젓한 양처럼
하루 종일 시름없이 풀포기나 뜯자.

-〈흰 그림자〉

'오래 마음 깊은 속에/괴로워하던 수많은 나를/하나둘 제 고장으로 돌려보내면'에서 '수많은 나'란 자신의 분신이다. 그 분신들을 '제 고장으로 돌려보내면/소리 없이 사라지는 흰 그림자'에서의 '그림자'는 검은 그림자가 아닌 흰 그림자이다. 그것은 어린 시절, 흰옷을 입고 자란 자신의 순수한 모습이거나, 아니면 백의민족을 상징한 표현으로 보아도 좋을 것이다. 어쨌든 그 순수의 표상인 흰 그림자를 연연히 사랑하는 작자의 강렬한 의지를 읽을 수가 있다. 그리고 끝 연에서 '신념이 깊은 의젓한 양처럼/하루 종일 시름없이 풀포기나 뜯자.'라고 했다. 이런 표현에서 이미 작자는 슬픈 역사 앞에 선 자신의 처신이 어떠해야 한다는 것에 대한 분명한 답을 내리고 있다. 사실 이런 마음의 결정은 그 무렵의 시대적 상황을 이해하는 사람이라면, 그것이 얼마나 어려운 결심이었는지를 짐작할 것이다. 여기서 독자의 이해를 위해 이 무렵의 시대적 상황을 약간 주석해 두는 것이 좋겠다.

1942년, 이 시가 쓰일 무렵은 태평양 전쟁이 막바지에 달한 때였다. 이때 일본 제국주의는 이제 단말마처럼 조선민족 말살 정책을 서슴없이 자행하던 시기였다. 신사 참배의 강요는 물론이요, '국어 상용'이라 하여 저희들의 일본 말만 국어로 쓰게 하고, '황국 신민의 선서'란 해괴망측한 구호를 만들어 모든 공식 식전에서 이것을 외게 하였고, '국민 총동원령'을 발동하여 징용·징병·정신대란 이름으로 모든 한반도의 젊은이들을 그들의 총알받이로 끌고 가던 때였다. 젊은 학생들은 지원병이란 명목으로 입대를 강요당했고, 이것을 불응하면 징용이라 하여 유럽이나 북해도 탄광으로 끌고 가던 그런 무렵이었다. 그러므로 그들의 무자비한 광기에 감히 저항을 한다는 것은 죽음을 각오하지 않고서는 상상도 할 수 없는 일이었다. 부끄러운 이야기지만, 그 당시의 우리 문단이라는 것도 그랬다. 이른바 '조선 문인 협회'라는 것을 만들어 친일의 앞잡이들만이 살아남는 그런 실상이었다. 그래서 허약한 많은 문인들은 본의 아니게 그들의 노예가 되어 모진 목숨을 연명하고 있었다. 독자들이 알면 깜짝 놀랄 저명한 문사들도 그들의 앞잡이로 변신하던 그런 극한 상황이었다.

훗날 역사가들은 이 시기를 우리 문학사의 암흑기라 기록했다. 그러나 그 암흑기에 시인 윤동주는 초연히 살 대신 뼈를 택한 저항의 시를 썼던 것이다. 이 점이 윤동주의 시 세계가 다른 시인들의 그것과 근본적으로 차원을 달리하고 있는 것이다. 그만큼 그는 장인(匠人)으로서의 시인이 아니라 선구자로서 또는 예언자로서의 시인이었던 것이다.

창밖에 밤비가 속살거려
육첩방六疊房은 남의 나라,

시인이란 슬픈 천명天命인 줄 알면서도
한 줄 시를 적어 볼까.

땀내와 사랑내 포근히 품긴
보내 주신 학비 봉투를 받아
대학 노트를 끼고
늙은 교수의 강의 들으러 간다.

생각해 보면 어릴 때 동무들
하나, 둘 죄다 잃어버리고

나는 무얼 바라
나는 다만, 홀로 침전沈澱하는 것일까?

인생은 살기 어렵다는데
시가 이렇게 쉽게 씌어지는 것은
부끄러운 일이다.

-〈쉽게 씌어진 시〉 중에서

1942년 6월 3일에 쓴 것으로 기록되어 있는 이 시는 지금까지 알려진 그의 시로서는 마지막 작품이 된다. 그러나 그 무렵의 그의 생활은 그의 당숙 윤영춘의 증언에 의하면,

"1942년 겨울, 섣달 그믐날 귀가 도중에 나는 교토에 들렀다. 밤늦게 거리에 나가서 우리는 야채 시장의 노점에서 파는 오뎅과 삶아놓고 파는 돼지고기와 두부, 참새고기를 실컷 먹었다. 그날 밤 집에 돌아와 그는 밤이 깊도록 시에 대한 이야기로 일관했다. 독서에 너무 열중해서 얼굴이 파리해진 것을 나는 퍽 염려했다. 6조 다다미방에서 추운 줄 모르고 새벽 두 시까지 읽고 쓰고 구상하고…… 이것이 거의 그날그날의 과제인 모양이었다."

이 말로 미루어 그는 그 무렵 이후에도 상당량의 시를 썼을 것이 확실하다.

1943년 7월 여름 방학이 되어 그는 귀향 일자를 알리는 전보를 고향에다 보냈으나, 곧 경찰에 체포되었다. 고향에서는 그의 가족들이 매일처럼 역에 나가 기다렸으나 끝내 그는 귀향하지 못했다. 다만, 그가 부친 수하물 물표만이 왔을 뿐이었다. 그는 고향으로 짐을 부치고 난 직후에 검거된 것이다.

윤동주가 교토의 카모가와 경찰서에 구금되어 있다는 소식을 듣고 달려간 그의 당숙 윤영춘의 증언에 의하면, 윤동주를 담당한 취조 형사는 고로기란 자였는데, 곧 풀려날 것이라 했으며, 동주도 안심하라고 하였다고 한다. 그리고 그때 동주는 일인 형

사 앞에서 그간에 쓴 일기며, 시, 산문 따위를 일어로 번역을 강요받고, 그 일을 하고 있었다고 한다. 그 후 재판에서 윤동주와 송몽규는 각각 2년을 언도받고, 둘은 같이 후쿠오카 형무소에 수감되었다.

1944년 6월 이후 그는 형무소에서 한 달에 한 번씩 일어로 쓴 엽서에 소식을 전했다고 한다.

그의 아우 윤일주의 증언에 의하면, 그는 감방에 있을 때 일화대조(日和對照)《신약성서》를 부치라고 하여 부쳐 준 일이 있으며, 아우가 '붓끝을 따라온 귀뚜라미에도 벌써 가을을 느낍니다.'라는 편지글에 '너의 귀뚜라미는 홀로 있는 내 감방에서도 울어 준다. 고마운 일이다.'라고 답장을 보내왔다는 것이다. 동주의 운명을 지켜 본 일인 간수 말에 의하면, 그는 무슨 뜻인지 모르나 큰소리로 외마디 소리를 하고 운명하였다고 한다.

1945년 2월 16일, 그렇게 갈망했던 '시대의 아침'도 '봄'도 '새벽'도 그 캄캄한 역사가 종말을 맞은 광복의 그날을 불과 6개월 앞두고 그는 이국의 하늘 밑 쓸쓸한 감방에서 29세의 젊은 나이로 한 많은 생을 마친 것이다.

'동주, 위독하니 보석할 수 있음. 만일, 사망 시에는 시체는 가져가거나 불연이면 큐수 제대에 해부용으로 제공함. 속답하시압.' 동주의 사망 통지 전보보다 10일이나 늦게 고향에 배달된 편지 내용이다. 동주의 사망 통지서를 받은 그의 부친과 당숙은 부랴부랴 후쿠오카 형무소를 찾아갔다. 둘은 이미 사망한 동주보다 살아 있는 송몽규를 먼저 만나기로 하고 그와의 면회를 신청했다. 그때 송몽규는 시약실 앞에 줄을 서 무슨 성분의 약인지 알 수 없는 주사를 맞기 위해 기다리고 있었다. 피골이 상접한 송몽규는 '저놈들이 주사를 맞으라고 해서 맞았더니 이 모양이 됐다. 동주도 그 모양으로……' 하며 말을 잇지 못했다고 한다. 그로부터 23일이 지나 송몽규도 그런 모양으로 처참하게 사망하고 말았다. 참으로 죄 없는 젊은이들에게 내린 천인공

노할 만행이었다.

이러한 정황 등으로 미루어 보아 그들의 죽음에 관해서는 옥중에서 정체를 알 수 없는 주사를 정기적으로 맞은 결과이며, 이는 일제의 생체실험의 일환이었다는 주장이 제기되고 있다.

시체실로 간 그의 부친과 당숙은 다시 한 번 놀랐다고 한다. 관속에 들어 있는 그의 시체는 그들이 해부용으로 쓰기 위해 방부제를 써서 생전의 모습 그대로였다고 한다.

"아저씨, 세상에 이런 일도 있어요?" 하고 절규하는 동주의 목소리가 들리는 듯하였다고 그의 당숙 윤영춘은 증언했다.

한 줌의 가루가 된 윤동주의 시신은 아버지의 품에 안겨 고향으로 돌아와 간도의 용정 동산에 묻혔다. 그리고 그해 단오절 무렵 가족들에 의하여 '시인 윤동주지묘(詩人尹東柱之墓)'란 비석이 세워졌다.

이로써 29세의 짧은 생애를 하늘과 바람과 별을 노래하며, 슬픈 역사 앞에 스스로 십자가를 멘 이 땅의 시인이요, 애국 청년인 윤동주의 한 많은 일생은 끝났다. 그러나 그 짧은 생애에 그가 보여 준 한 점 부끄럼 없는 그의 삶은 이 민족과 함께 영원히 남을 것이다.

윤동주 연보

1886년 증조부 윤재옥(尹在玉), 함경북도 종성(鐘城)에서 북간도 자동(紫洞)으로 이주.

1900년 조부 하현(夏鉉) 명동촌(明東村)으로 이주.

1910년 조부, 기독교 입교.

1917년 12월 30일(음력 11월 17일), 만주 간도성 화룡현 명동촌에서 아버지 윤영석(尹永錫)과 어머니 김용(金龍)의 장남으로 출생.

1923년 (7세) 12월, 여동생 혜원(惠媛) 출생.

1925년 (9세) 4월 4일, 명동(明東) 소학교에 입학. 이때의 급우로 윤동주와 함께 후쿠오카 형무소에서 옥사한 고종사촌인 송몽규(宋夢圭), 문익환(文益煥), 외사촌 김정우(金精宇) 등이 있음.

1927년 (11세) 12월, 동생 일주(一柱:성균관대학교 교수) 출생.

1929년 (13세) 송몽규 등과 함께 「새 명동」이라는 등사판 문예지를 간행, 동요·동시 등을 발표함.

1931년 (15세) 3월 25일, 명동 소학교를 졸업.
송몽규·김정우와 함께 중국인 도시 대랍자(大拉子)에 있는 중국인 소학교 6학년에 편입·수학함.

1932년 (16세) 4월, 용정 은진(恩眞) 중학교에 입학.

1933년 (17세) 막내동생 광주(光柱) 출생.

1934년 (18세) 12월 24일, 〈삶과 죽음〉, 〈초 한 대〉, 〈내일은 없다〉 등의 시를 씀. 이날 이후부터 윤동주는 자기 시 작품에 쓴 날짜를 기록함.

1935년 (19세) 3월, 용정 중앙교회 주일학교에서 유년부를 지도함. 9월, 은진 중학교에서 평양 숭실 중학교 3학년에 편입·수학함. 〈남쪽 하늘〉, 〈창공〉, 〈거리에서〉, 〈조개껍질〉 등의 시를 씀.

1936년 (20세) 신사 참배 거부 문제로 숭실 중학교가 폐교되자 용정으로 돌아와 광명(光明) 학원 중학부 4학년에 전입·수학함. 간도 지방의 연길(延吉)에서 발행하던 「카톨릭 소년」지에 동시 〈병아리〉, 〈빗자루〉 등을 발표함.

1937년 (21세) 「카톨릭 소년」지에 동시 〈오줌싸개 지도〉, 〈무얼 먹구 사나〉, 〈거짓부리〉 등을 발표함. 시 〈유언〉, 〈한란계〉, 〈풍경〉 등 10여 편을 씀.

1938년 (23세) 산문 〈달을 쏘다〉를 「조선일보」 학생란에, 동요 〈산울림〉을 「소년」지에 발표함. 시 〈자화상〉, 〈달같이〉, 〈소년〉 등을 씀. 가을, 윤동주의 고향집은 용정의 정안구 제창로로 이사함. 12월, 시 〈병원〉, 〈위로〉 등을 씀.

1941년 (25세) 시 〈서시〉, 〈또 다른 고향〉, 〈십자가〉, 〈별 헤는 밤〉, 〈새벽이 올 때까지〉 등을 씀. 연희 전문 문과에서 발행한 「문우」지에 시 〈자화상〉, 〈새로운 길〉을 발표함. 12월 27일, 연희 전문 문과를 졸업함. 19편으로 된 자선 시집 《하늘과 바람과 별과 시》를 졸업 기념으로 출간하려 하였으나 뜻을 이루지 못함. 일제의 탄압과 또 일본 유학 수속의 편의를 위하여 성씨를 히라누마(平沼)로 창씨 개명함.

1942년 (26세) 도쿄 릿교대학 영문과에 입학함. 여름 방학 때 간도 용정에 있는 고향집을 마지막으로 다녀감. 10월 1일, 교토 도시샤대학 영문과에 편입함. 유학 시절에 〈쉽게 씌어진 시〉, 〈흰 그림자〉 등의 시를 씀.

1943년 (27세) 7월 14일, 첫 학기를 마치고 귀향길에 오르기 직전에 교토 대학 재학 중인 송몽규와 함께 사상범으로

　　　　　체포되어 교토의 카모가와 경찰서에 구금됨. 도쿄에 있던 당숙 윤영춘·외사촌 김정우가 옥중의 윤동주와 송몽규를 면회함.

1944년　(28세) 2월 22일에 기소되고, 3월 31일 일제 당국의 재판 결과 '독립 운동'의 죄목으로 2년형(구형량 3년)의 언도를 받아 큐슈의 후쿠오카 형무소에 수감됨. 송몽규도 같은 죄목으로 2년형을 받음.

1945년　(29세) 매달 초순 고향집으로 배달되던 엽서가 2월 중순까지 소식이 없더니, '2월 16일 동주 사망, 시체 가져가라'라는 전보로 옥사하였음을 알려옴. 3월 초 간도 용정에 있는 가족과 친지들에 의해 간도의 용정 동산 마루턱에서 윤동주의 장례가 치러짐. 3월 10일, 송몽규도 옥사함. 단오절 무렵 윤동주의 묘소에 '시인 윤동주지묘(詩人尹東柱之墓)'라는 비석이 세워짐.

1946년　7월, 유작시 〈쉽게 씌어진 시〉가 「경향신문」에 발표됨.

1947년　2월 16일, 서울 소공동 플로워 회관에서 정지용·안병욱·이양하·김삼불·정병욱 등 30여 명이 모여 '윤동주 2주기 추도식'을 개최함.

1948년　1월, 유고 31편을 모아 《하늘과 바람과 별과 시》를 정음사에서 간행함.

1968년　11월 2일, 연세대학교 학생회가 중심이 되어 모금한 성금으로 연세대 기숙사 앞에 '윤동주 시비(尹東柱詩碑)'를 건립하고 제막식을 거행함. 이 시비는 윤동주의 친동생인 윤일주가 설계, 윤동주의 〈서시〉가 육필로 확대되어 새겨져 있음.